Rainer Gross
Drei Tage Wicklow

Auf dem Flughafen Dublin treffen sie sich zufällig: Matthias und Nick, alte Freunde aus Lübeck, jahrelang aus den Augen verloren, aber Matthias weiß sofort: Jetzt brauchen sie Zeit füreinander. Nick steckt in einer Liebesgeschichte mit einer verheirateten Frau, sein Leben ist auf den Kopf gestellt, er muss das mal jemandem erzählen, der wirklich zuhört.

Sie nehmen sich drei Tage in den Wicklow Mountains. Sie richten sich ein, besorgen Essen, gehen wandern, und vor allem: Sie reden miteinander. Gespräche unter Freunden werden es, um Liebe und Frauen und Nicks Leben, aber auch um das sechste Gebot und Gott, den Nick immer nur den „Chef" nennt.

Matthias spielt den Seelsorger, muss aber bald erkennen, dass ihn Nicks Geschichte an seine eigenen Grenzen bringt. Mit dem Vorwurf „Ehebruch" ist es nicht getan, und den ersten Stein sollte gerade Matthias besser nicht werfen.

Rainer Gross, Jahrgang 1962, studierte Philosophie, Literaturwissenschaft und Theologie. Er lebt mit seiner Frau als freier Schriftsteller in Reutlingen.

Bisher veröffentlicht: Grafeneck (Pendragon 2007, Glauser-Debüt-Preis 2008); Weiße Nächte (Pendragon 2008); Kettenacker (Pendragon 2011); Kelterblut (Europa 2012).

Bei BoD erschienene Romane:
Die Welt meiner Schwestern
Das Glücksversprechen
Yüomo
Haus der Stille
Schrödingers Kätzchen

Rainer Gross

DREI TAGE WICKLOW

Roman

BoD 2015

Bibliographische Information der Deutschen Nationalbibliothek:
Die Deutsche Nationalbibliothek verzeichnet diese Publikation in der
Deutschen Nationalbibliographie; detaillierte bibliographische Daten
sind im Internet über http://dnb.d-nb.de abrufbar.

Herstellung und Verlag: BoD – Books on Demand, Norderstedt
Layout und Umschlaggestaltung: Rainer Gross
Umschlagfoto: © Depositphotos.com/mrdoomits
Alle Rechte vorbehalten
ISBN: 9783734760617

In the silk sheet of time
I will find peace of mind
Love is a bed full of blues

ROLLING STONES

Für den Chef,
der sowieso alles weiß.

Erster Tag

Dublin im Mai. Ein warmer Südwestwind in den Straßen, buntes Volk auf dem Rasen in St. Stephen's Green. Dann der Airport, Glastüren, Heizungsluft, Topfpflanzen.

Ich stehe mit dem Trolley in der Abflughalle. Die wechselnden Flugnummern auf der Anzeigetafel. Air Lingus, München, Linienflug. Ein bisschen Übelkeit vom Frühstück, englisches Frühstück kann ich nicht ab, der im Fett schmurgelnde Speck, die glibbrigen Eier, die griebigen Würstchen. Hätte kontinental nehmen sollen.

Ich stehe und schaue. Tausend Leute, Anzüge und Koffer, Daunenjacken und Reisetaschen, erste Sommerkleider, erste Rucksäcke. Durchsagen schallen hell durchs Glashaus, ein Treibhaus ist es, klimageschützt, da gedeihen schwüle Träume neben harten Deals.

Auch mein Deal war erfolgreich. Drei Tage Dublin und ein Notizbuch voller Beobachtungen, die Besprechungen mit dem Übersetzer des Verlages, mein Agent kann den Vertrag anfordern. So was bringt feste Bezüge.

Ich stehe und schaue.

Unter all den Menschen hebt sich einer heraus. Stoppelschädel, grüngelbrote Fransen an der Jacke, Ledertasche, Gitarrenkoffer. Bartlos, brillenlos. Kantiges Gesicht, die grünen Augen suchen herum und finden mich, schweifen weiter.

Das gibt's doch nicht!

Ich weiß nicht, ob er mich erkannt hat – ich habe ihn erkannt.

Jetzt muss ich mich entscheiden. In drei Sekunden ist er weg in der Menge. Entweder ich rufe ihn an oder ich sehe ihn nie wieder. So einen Zufall gibts nicht noch mal. Aber Zufälle gibts eh keine.

Ich winke und rufe in die Schallwolke des Terminals hinein: „Nick!"

Wieder die grünen Augen, wie sie herschwenken und mich fixieren. Fremdheit im Gesicht, dann Erkennen.

Er winkt und kommt zu mir herüber, in federndem Schritt.

„Bist dus?", ruft er.

„Nick! Nick Minners! Ich glaub, ich spinne."

Wir umarmen uns männlich und beklopfen einander die Schultern. Seine sind knochig mit harten Muskeln, meine breit und wohlgenährt. „Mensch, wie gehts dir?", fragt er und hält mich prüfend von sich weg.

„Mir gehts prächtig", sage ich.

„Lange nicht gesehen" undsoweiter. Wir können es nicht fassen und beklopfen einander immer wieder, um zu sehen, ob der Andere echt ist. Die Erinnerungen an frühere Zeiten, wie wir damals in Mönkhagen, und in der Clemensstraße in Lübeck und so, dann fällt uns die Gegenwart ein und wir fragen einander, was wir hier auf dem Airport in Dublin machen. Ich erzähle ihm, dass ich geschäftlich hier bin, Schriftsteller, das hast du ja immer gewollt, meint er.

„Und du? Woher kommst du gerade?"

„Sieht man das nicht?". Er tritt einen Schritt zurück und zeigt sich.

„Aus Jamaica, oder was?", lache ich.

„Klar doch! Direkt aus Kingston. Mit Zwischen-
landung auf dem JFK."

Bevor ich das Fragen anfange und eins zum an-
dern führt und ich das Bohren werde nicht mehr
lassen können, schaue ich ihm in die Augen. Da
steckt eine Geschichte dahinter, dafür habe ich einen
Riecher. Aber diese Geschichte ist nichts für Ab-
flughallen.

Er erwidert den Blick, und jetzt erkenne ich den
Ernst in seinem Gesicht, die tief eingegrabenen Züge, die Faltenfächer in den Augenwinkeln. Schmal ist
er geworden seit unserem letzten Treffen. Abgenommen hat er, ist aber sicher noch fit. Hat ja immer Sport getrieben. Fußball. Langstrecke. Als sein
Knie nicht mehr mitmachte, saß er zuhause auf dem
Rad und schwitzte.

„Was ist, Matthew?", fragt er. Er nennt mich
Matthew, seit wir uns kennen. Immer wenn er Matthew sagt, bin ich ein Anderer. Anfangs wusste ich
nicht, dass ich das sein kann. Dann war ich es nur,
wenn ich mit ihm zusammen war. Und dann führte
dieser Matthew ein Eigenleben in mir, eine ständige
Korrektur und Kritik meiner selbst. Bin ich es heute
noch?

Matthew sagt er also zu mir. Ich muss kontern.

„Ich will sie wissen", sage ich. „Deine Geschichte."

Er hebt die Brauen.

„Wie bist du nach Jamaica gekommen? Was ist
mit Mönkhagen? Wohin willst du jetzt? Du weißt,
dass mir das keine Ruhe lassen wird."

Er lacht. Verlegen ein bisschen und großspurig,
aber auch eine Schärfe darin, als müsste er erst wie-

9

der glauben lernen, dass ihn einer will, wie er ist.

„Und du?", fragt er dagegen. „Wie ists mit dir weitergegangen? Du bist weg nach München, damals, zweitausenddrei. Bist ein erfolgreicher Writer geworden. Hab deine Titel im Internet gesehen."

„Wieso hast du nicht mehr gemailt, Nick? Ein Jahr noch, und dann wars aus."

Er zuckt die Schulter, wieder mit dieser Mischung aus Coolness und Verlegenheit. „Hätte doch sowieso keinen Sinn gehabt, so eine Freundschaft auf Distanz."

„Du hättest uns jederzeit besuchen können in München", sage ich milde. Er hat mir, wenn ich ehrlich bin, nicht gefehlt. Obwohl unsere Freundschaft enger war als alle anderen. Aber für mich ging ja die Schreiberei ernsthaft los, ich lernte andere Leute kennen. Bloß jetzt, da er vor mir steht, will ich wieder alles von ihm wissen. Seine Art hat mir immer gut getan, auch wenn da jetzt so eine Schärfe dabei ist.

„*Uns* besuchen", sagt er. „Eben."

„Trinken wir einen Kaffee?"

„Ich flieg weiter nach Shannon. Brauch noch ein Ticket."

„Und ich warte auf meinen Rückflug nach Hause. Geht in anderthalb Stunden. Hab noch nicht eingecheckt. Wir hätten also ein bisschen Zeit ..."

Er nickt. Seine Augen sind hell, glühen moosgrün wie Wiesenteiche, wie Seen in der irischen Heide. Ja, das ist nicht für lau, dass wir uns hier getroffen haben. Da hat Gott seine Hand im Spiel, Gott, an den wir beide glauben. Nick schnappt sich Gitarrenkoffer und Tasche, und wir ziehen los.

Oben in der Lounge sitzen wir vor unseren Kaffeetassen. Oder besser gesagt: er vor seinem Kakao, da fliegt er immer noch drauf.

„Warum ist unsere Freundschaft eigentlich eingeschlafen?", will ich wissen.

„Na, du bist weggezogen!"

„Das hast du mir wohl nicht verziehen, was? Du hättest auch anrufen können."

„Du auch."

„Ich hab angerufen. Aber ihr hattet ja keinen AB. Bis ich dich dann endlich an der Strippe hatte ... !"

„Und wenn ich dich zurückgerufen habe, musste ich ständig aufs Band quatschen."

Ich winke ab. „Tatsache ist, dass ich von den letzten sieben Jahren aus deinem Leben nicht das Geringste weiß. Ich wusste nicht mal, dass du aus Mönkhagen weg bist. Wir haben uns aus den Augen verloren."

Er denkt was, sagt aber nichts.

„Was denkst du?", frage ich.

„Dass es darauf nicht ankommt", sagt er wegwerfend.

„Worauf kommts nicht an?"

„Wie wir uns aus den Augen verloren haben."

„Worauf kommts dann an?", frage ich und erwarte irgendwas Peinliches, greife zur Tasse und schlürfe.

„Dass der Freund in der Not da ist."

„Aha", sage ich. „Und das war ich nicht, oder was?"

„Genau."

„Wie hätte ich dir denn helfen können?", frage ich.

„Zuhören. Die ganze Sache von außen sehen. Der Einzige sein, der mich wirklich versteht. Mir nicht wie die Anderen dauernd sagen, was ich zu tun habe."

Ich nicke. „Welche Sache?"

Er trinkt seinen Kakao leer, zum Genießen fehlt ihm die Ruhe. Jetzt wird sein Gesicht hart, zu vielen Mienenzügen ist es nicht mehr fähig. Der Mund wird schmal, die Falten graben sich ein. Er schaut mich nicht an.

Er schaut auf die Zuckerpapierchen auf dem Plastiktisch und sagt: „Zum Beispiel die, dass meine Augen für sie die schönsten waren, die sie je gesehen hat."

„Wer? Mona?"

„Und zum Beispiel die, dass sie sich nur frei und lebendig gefühlt hat, wenn sie bei mir war."

Spätestens jetzt weiß ich, dass er nicht von Mona spricht. Nicht von der Frau, mit der er zwei Kinder hat. Fängt jetzt die Geschichte an?

Aber Nick schaut auf die Uhr.

„Musst du aufbrechen?", frage ich gereizt. Früher hatten wir immer alle Zeit der Welt. Nachts in meinem Zimmer, erst in Mönkhagen, dann in Lübeck. Lange nach Mitternacht, leise Musik im Hintergrund und brennende Kerzen, wir saßen so lange, bis uns vor Müdigkeit der Kiefer lahm wurde. Und jetzt schaut er auf die Uhr. Ich werde wütend.

„Ich glaub, ich muss dann mal", sagt er und greift nach seiner Jacke.

„Hör mal", sage ich, „kann sein, dass ich in der schwierigen Zeit, die du hinter dir hast, nicht zur Verfügung stand. Kann sein, dass du sauer auf mich warst. Obwohl du dich jederzeit bei mir hättest melden können. Aber jetzt, da wir uns hier in Dublin auf dem Flughafen über den Weg laufen, jetzt machst du dunkle Andeutungen, ziehst eine Einsamer-Wolf-Miene und willst dich dann verdrücken – Junge, ich sag dir: So gehts nicht!"

Statt mir das übel zu nehmen, schaut er mich leidend an. Richtig waidwund. Mir fällt wieder ein, wie unerträglich pathetisch er sein kann. Trotz seiner Coolness.

„Nick, ich will wissen, was passiert ist!"

Er zögert, lässt die Jacke los, lehnt sich wieder zurück.

„Wir haben keine Zeit", sagt er traurig. „Ausgerechnet jetzt! Da begegne ich dir nach Jahren wieder, und wir haben keine Zeit. Ich muss weiter nach Shannon, und du fliegst nach Hause. Zu deiner Familie."

„Wenn wir Zeit haben wollen, dann haben wir auch welche. Ist nur eine Frage der Priorität. Was mein Heimflug anbelangt, den kann ich verschieben. Ich hab keinen Termin. Und was ist mit dir und Shannon?"

Er denkt nach, lächelt dann. „Wenn ichs recht bedenke, kann ich meine Ankunft in Galway auch aufschieben." Er schaut mich an, misstrauisch, hoffnungsvoll.

„Komm", sage ich, nehme meinen Trolley und stehe auf.

Am Travellerdesk buche ich meinen Münchenflug um, verschiebe ihn um drei Tage. Nick schaut mir zu und schüttelt den Kopf, grinst aber. Dann gehe ich zur Autovermietung und miete einen

Kleinwagen. Schließlich stehen wir in der Tiefgarage vor dem Auto, ich drücke Nick den Schlüssel in die Hand-

„Fahren musst du", sage ich, „mich überfordert der Linksverkehr."

„Wohin fahren wir?"

„Erst mal aus Dublin raus. Irgendwohin, wo du mir deine Geschichte erzählen kannst."

Nick zuckt mit den Schultern. „In vier Stunden sind wir an der Westküste", sagt er. „Auf der neuen Autobahn."

„Ich weiß." Ich überlege. „Mir ist aber gerade nicht nach Steinmauern, Schafweiden und Felsenküste. Zuviel Horizont. Was Heimeliges wär mir lieber."

„Wicklow Mountains vielleicht", sagt er.

„Wie weit?"

„Eine Stunde. Nette Ecke da. Aber nicht besonders irisch."

„Egal. Wir brauchen ein bisschen Abgeschiedenheit und Klausur."

„Glendalough vielleicht", überlegt er. „Da ist um diese Jahreszeit noch nicht viel los."

Wir laden das Gepäck in den Kofferraum, die Gitarre auf den Rücksitz. Ich steige links ein, er setzt sich hinters Steuer. Als wir losfahren, packt es mich plötzlich.

Statt schläfrigem Mittagsflug nach Hause, statt Regionalbahn und Bus und die Reihenhaussiedlung in Garching: irische Straßen. Statt Giselas Schnute, dass ich sie so lang allein gelassen habe: Nick mit dem rasierten Schädel.

Dublin im Mai.

Alles ist möglich.

Nick schnupft immer mit der Nase, wie Stallone in *Rocky*, das macht er, seit ich ihn kenne. Das tut er, wenn er nervös ist oder ihn etwas mitnimmt.

Er hat ein ärmelloses T-Shirt an, ich sehe seine muskulösen Arme.

„Bist noch fit für deine vierundvierzig", sage ich.

„Hab wieder mit dem Laufen angefangen."

„So richtig?"

„Bloß in der Freizeit. Manchmal hab ich mit Kumpels gewettet. Hab immer gewonnen."

Ich weiß, dass mich das nicht beeindrucken soll, und er weiß, dass ich das weiß.

„Der Verlierer musste eine Runde ausgeben", fügt er hinzu.

„Pech für dich, dass du keinen Alk trinkst."

Er schüttelt den Kopf.

„Und immer noch kein Nikotin, was?"

„Tu ich meinem Körper nicht an."

„Tja", sage ich gespielt zerknirscht, „dann werde ich meinen Single Malt und meine Havanna wohl allein genießen müssen."

„Alte dekadente Sau", sagt er und zeigt die Zähne.

„Alter Adrenalin-Junkie", sage ich und lasse das Seitenfenster herunter, um mir eine Zigarette anzustecken. In den Staus des Dubliner Verkehrs kann ich in Ruhe ins Freie hinausrauchen.

Einmal mache ich eine Bemerkung zu der Tätowierung auf seinem linken Bizeps.

„Weißt du noch?", sagt er daraufhin. „Du warst der Einzige, der gleich erkannt hat, was das darstellt."

„War doch klar. Paradiesvogel. Tanz des Leierschwanzes."

„Die anderen dachten immer, das sei ein Anker. So was Bescheuertes!"

„Mona auch?"

„Grade die."

Ich verstehe.

Es geht auf der M 50 einmal um Dublin rum. Dann nach Süden an der Küste entlang, die man aber nicht sieht. Er fährt flott, zum Fenster raus rauchen geht nicht mehr. Diesiges Ostirlandwetter, wattige Bewölkung und ab und zu ein bisschen Blau.

Wir reden wenig. Wir müssen erst ankommen und uns eingerichtet haben. Da er nun weiß, dass er seine Geschichte jemandem erzählen wird, ist er still geworden.

Einmal zeige ich ihm die Fotos meiner Kinder, die ich in der Brieftasche habe. Volles Klischee, denke ich, aber hat sich nicht jeder in der Brieftasche und zeigt sich her? Nick tippt auf das Foto meiner dreizehnjährigen Tochter und meint: „Fesches Ding, die da."

Ich weiß, dass er seine beiden Töchter geliebt hat wie nichts sonst auf der Welt. Blond waren sie, wie Mona, kleine Engel mit langen Haaren. Schatz. Augenstern. Wo sind sie jetzt? Gibt es da ein Loch, wo früher was war?

„Und du liebst deine Kinder", sagt er.

„Klar", antworte ich.

„Du würdest alles für sie tun?"

„Alles."

„Du würdest für sie dein Leben opfern?"

„Tu ich ja schon", sage ich. „Sonst würde ich viel von dem, was ich heute schreibe, nicht mal denken."

„Ich liebe meine Kinder auch", sagt er. „Aber ich opfere nichts mehr. Für nichts und niemanden."

„Opfern ist ein gefährlicher Begriff", lenke ich ein. „Entweder man tut es aus Liebe, dann ist es kein Opfer. Oder man tut es, um irgendjemanden zu beschwichtigen, dann sollte man es bleiben lassen."

Er schweigt. Vielleicht haben ihn die Fotos an seine beiden, Lilly und Fenja, erinnert. Vielleicht klingt da was herauf.

Nachdem wir die Autobahn verlassen haben, geht es an Dörfern und Fichtenschonungen vorbei. Die Straße zwei Fahrstreifen mit durchgezogener Linie, aber die Steinmauern fehlen. Die Wicklow Mountains kommen in Sicht, eine grüne Hügelformation am Horizont, auf der die Wolken liegen wie auf dem Himalaya. Wenig später geht es hinein ins Gebirge, in eiszeitliche Heidehügel, wo es zwar keine Pässe und Kehren und Tunnels gibt, aber jede Menge Einsamkeit. Ödes Plateau, dann wieder hinunter in Tälchen hinein, die Hänge rücken nahe, Farn- und Ginsterböschungen. Ein Gebirgssträßchen ohne Gebirge.

„Hast du einen Freund?", fragt er unvermittelt.

Ich denke nach. Aber ich muss nicht nachdenken, ich weiß die Antwort. „Schriftstellerkollegen. Wenige Bekannte. Nein, einen Freund habe ich nicht."

„Wie hältst du es ohne aus?"

Ich zucke die Schultern. „Ich bin ja nicht allein", sage ich.

„Meinst du jetzt Gisela oder den Chef?"

„Wahrscheinlich beide."

Er nennt Gott immer noch so, als kennte er ihn seit Jahrzehnten. Mein Gott ist auch kein Unbekannter mehr für mich, vielleicht ist das ein Fehler, aber andererseits erinnert mich das an eine Phase meines Lebens, in der Gott kennenzulernen die dringendste und schönste Aufgabe war.

„Wie war das bei dir in den letzten sieben Jahren?", frage ich

Er lacht. „Ich war auch nie allein. Trotz allem. Auch in der schlimmsten Zeit nicht. Aber dass der Chef wirklich der Einzige ist, an den ich mich halten kann, habe ich erst neulich begriffen."

Die Straße ist nun einstreifig. Weiden hinter Stacheldraht. Der Ginster blüht sonnengelb. In den flirrenden Haseln stäuben die Kätzchen im Wind.

„Das Alleinsein war nicht das Problem", fährt Nick fort. „Es war die Jagd nach dem Glück, verstehst du? Ich habe mich verbissen in das Glück wie ein Terrier in seine Beute."

Wieder dieses Pathos.

„Hey, Matthew! Matthew!", sagt er plötzlich. „Ich habe geglaubt: Wenn ich dieses Glück verliere, dann gibt es keines mehr für mich bis ans Ende meiner Tage."

Er sagt es so eindringlich und gehetzt, als wäre er in Lebensgefahr. Ich *muss* ihn verstehen, ich *muss* ihm glauben, sonst ist er verloren.

Ich kenne das von früher.

„Ich glaub, wir sind gleich da", sage ich.

„Ich hab Hunger", sagt Nick.

In Laragh zuckelt er die Dorfstraße entlang und hält Ausschau nach einem B&B-Schild.

„Hier müssten wir was finden."

Er lässt die Abzweigung nach Glendalough rechts liegen und fährt weiter bis Ortsende. Dann scheint ihm etwas einzufallen und er biegt rechts ab in eine schmale, von Steinmauern gesäumte Straße. Buchen mit ihren maigrünen Laubfahnen, eine alte Kiefer, ein zerwitterter Wacholder, dann geht es über eine Brücke. Vor einem Tor biegt das Sträßchen ab und führt auf eine Art Hof zu.

„River House", sagt er.

„Da kann man wohnen?"

Vor einer breiten Hoffront, Steinhaus, efeubewachsen, eine rote Tür darin, halten wir an. Wir finden ein Schild, eine kleine Ferienwohnung und mehrere Apartments werden angeboten, renoviert, sieht wohl ein bisschen anders aus, seit Nick zuletzt hier war.

Nick verhandelt. Er spricht das irische Englisch so echt, als wäre er einheimisch. Meinem Englisch hört man das Germanische sofort an. Do you come from Netherlands?, fragen sie immer. Ein Apartment ist noch frei. Ich bezahle, weil ich nicht weiß, wie Nick finanziell steht. Er lässt es ohne Widerspruch zu.

Wir richten uns ein. Nette Bude mit Spitzenvorhängen und dem üblichen Nippes auf dem Kamin, Sofa, Esstisch, Küchenzeile hinter einem Tresen mit allem, was man braucht. Im Schlafzimmer stehen die Betten nebeneinander, das sollten wir ändern, weil ich schnarche. Durch das große Fenster im Wohnzimmer blickt man geradewegs auf die Brücke, ein verwunschenes Bauwerk aus grobem Stein, dreibogig, leicht gewölbt, mit Efeu, eingebettet in dichtes Gebäum, die irische Variante von Monets Seerosenbrücke. *No smoking* steht auf einem Aufkleber auf der Scheibe. Nick lässt sich in den Sessel fallen, der mit einem schottenkarierten Plaid abgedeckt ist.

„Bist du müde?"

„Schon", sagt er erschöpft. Er reibt sich die Stirn und drückt die Finger in die Augenwinkel. „Gestern noch in der Karibik, heute in den Wicklows, das muss ich erst mal verdauen."

Ich packe meine wenigen Klamotten in den Einbauschrank. Er holt seine Gitarre aus dem Koffer, es rumpelt und klingt, er nimmt sie bequem, legt die Finger auf, zirpt und zupft, muss nachstimmen.

„Die Kälte im Flugzeug hat ihr nicht gut getan.".

Während ich meinen Kulturbeutel aufs Waschbecken stelle und mich auf das Sofa lege, spielt er selbstvergessen ein paar Melodien. Nichts, was ich kenne. Blues würde ich tippen.

„Mein Traum ist es", sagt er, „ganz einfache Musik zu machen. Ein paar Akkorde, einen simplen Groove, der unter die Haut geht. Lieder von Abgaswolken und Asphalt, von Filterkaffee am Morgen und Astern auf einem Grab. Ein Schlüssel rostet im Gulli, jemand zerknüllt eine leere Zigarettenschachtel. Sowas."

Er spielt weiter, summt dazu.

„Sag mal, ist vielleicht jemand gestorben?", frage ich behutsam. „Bist du deshalb von Mönkhagen weg?"

„Es ist alles gestorben", sagt er pathetisch.

Zuerst schweige ich pietätvoll, dann merke ich,

dass er mich verarscht. Ich trete, auf dem Sofa liegend, mit dem Fuß nach ihm.

Es ist kühl im Zimmer, eine Decke bräuchte man. Die Heizung aufzudrehen hat in Irland im Mai keinen Sinn.

Zwischen ein paar leisen, melancholischen Takten sagt er: „Damals wärst du zu Besuch gekommen, und ich hätte dich mit hinaus in den Garten genommen und du hättest mich besorgt angeschaut, weil ich so fertig ausgesehen hab, zehn Kilo hab ich damals abgenommen, und ich hätte gesagt: Hey, Matthew, ich liebe eine andere Frau."

Ich ziehe die Brauen hoch. Merkwürdig, so ein zeitverzögertes Geständnis, trotzdem so dramatisch, dass es aus dem Konjunktiv fällt.

„Und du – was hättest du gesagt?", fragt er jetzt.

Ich pfeife durch die Zähne und sage: „Ach du Scheiße! Das auch noch."

„Das hättest du gesagt?"

„Das sage ich jetzt!"

„Und du hättest mich nicht verurteilt? Wie alle anderen? Du wärst nicht mit Sünde und sechstem Gebot und Buße und dem ganzen Scheiß gekommen?"

Ich lache erst mal, bis mir was Besseres einfällt.

Sünde, Gebote, Buße, das sind Wörter, die ich nicht mehr wie selbstverständlich benutze, vielleicht weil ich in den letzten Jahren mit ihrer Realität nicht mehr in Berührung gekommen bin. Um Theologie kümmere ich nicht mehr, seit ich zusammen mit Gisela in der neuen Gemeinde in München bin. Diese Waffe ist stumpf geworden. Nach der theologischen Ausbildung habe ich es ein Jahr in Lübeck als Pastor versucht, aber das liegt mir nicht. Die Menschen brauchen einen ganz, da gibt es keinen Platz mehr fürs Schreiben. Worum kümmere ich mich jetzt? Um mein Schriftstellerleben.

Nick gesteht mir die Liebe zu einer anderen Frau und geht gleich auf das Thema Ehebruch los. Aber so ist er.

Ich erinnere mich daran, wie er mich immer herausgefordert hat. Lange, hitzige Debatten über die Bibel und jene undankbaren theologischen Fragen wie das Predigtverbot für Frauen, Homosexualität, Obrigkeit, ewige Verdammnis undsoweiter. Immer ging es ihm nicht um Theologie, sondern um sein Leben. Er wollte keine allgemeine Betrachtung, er wollte Antworten und konkrete Anweisungen. Er wollte mich immer festnageln. Er war anstrengend. Und jetzt kommt er mir mit dem sechsten Gebot.

Eigentlich will ich davon nichts wissen. Ich habe mich gut eingerichtet, und was ich von den Geboten halten soll, weiß ich nicht.

„Du würdest Ehebruch und Scheidung nicht als Sünde bezeichnen?", hakt er nach.

Wieso fragt er noch? Gibt es da noch etwas zu klären? Er muss doch inzwischen eine Antwort gefunden haben.

„Komm mir jetzt nicht so", sage ich.

„Sechstes Gebot ..."

„Am sechsten Gebot kommst du nicht vorbei", sage ich spontan, „das stimmt ..."

Ich setze mich auf. Er wills wirklich wissen. Eigentlich sollte er es schon wissen, wir haben das damals alles durchgekaut. Aber wenn es dich selbst betrifft, erscheint alles in einem neuen Licht. Gott sei Dank habe ich mit dem Ehebruchgebot nie etwas zu tun gehabt. Weder vor noch nach der Heirat. Seit elf Jahren sind Gisela und ich zusammen, aber das war nie ein Thema. Ich glaube auch nicht, dass mir das passieren könnte.

Früher, in unserer Gemeinde in Lübeck, hab ich die Rolle des Theologen gerne angenommen, und sie wurde mir gern zugespielt. Inzwischen ist mir das verdächtig. Manchmal muss man von Dingen reden, die man selbst nicht beherzigt, und alle Dogmatik kann nur in die Barmherzigkeit münden. Das ist mir jetzt am wichtigsten geworden. Ich will nur noch leben, im Bewusstsein, dass ich geliebt bin, aber leben.

„Ehrlich gesagt", antworte ich, „geht mir das ein bisschen zu schnell. Es ist kaum zwei Stunden her, dass wir uns nach jahrelanger Trennung wiedergesehen haben, und schon willst du mich wieder in einen theologischen Disput verwickeln. Hast du denn nicht schon selbst eine Antwort auf deine Frage?"

„Ja. Aber ich weiß nicht, ob es die richtige ist."

„Wovor hast du Angst?"

„Jetzt habe ich keine Angst mehr. Aber damals schon."

„Wovor?"

„Dass ich raus aus dem Spiel bin. Dass der Chef nichts mehr von mir wissen will."

„Du weißt, dass das Unsinn ist."

„Das haben die Anderen anders gesehen", sagt er.

„Welche anderen?"

„Die in unserer ach so rechtgläubigen Gemeinde! Der Pastor. Meine Freunde. Mona. Alle."

„Dann hast du die falschen Leute um dich gehabt."

Er lacht bitter. „Da hast du verdammt recht."

„Ich meine das wirklich so. Manchmal kämpft man ständig mit etwas herum, nur weil die Leute um einen herum es einem einreden."

„Ich hab oft damit rumgekämpft, das kannst du mir glauben! Im Grunde hab ich geglaubt, dass mir das alles vergeben ist. Aber alle haben auf mich eingeredet ..."

Die Erinnerung daran steht ihm im Gesicht geschrieben.

„Matthew, ich sag dir: Das war furchtbar!"

„Das kann ich mir vorstellen. Das war ja einer der Gründe, warum ich die Gemeinde gewechselt habe. Noch bevor wir nach München sind."

„Ich soll zu Mona zurückgehen, haben sie gesagt. Ich soll Rose vergessen. Aber ich *konnte* nicht. Ich konnte einfach nicht ..."

„In der Sünde beharren, haben sie das sicher genannt."

„Ja, genau das haben sie gesagt. Wenn ich in der Sünde beharre, kann mir nicht vergeben werden."

Ich nicke. Darüber muss ich mit ihm nochmal reden, ich kann ihm da sicherlich Klarheit verschaffen. Barmherzigkeit und Verständnis, das ist das Wichtigste.

„Das haben wir doch schon früher alles durchgekaut", sage ich begütigend.

„In Mönkhagen. Ich weiß." Er winkt ab.

„Am Küchentisch sind wir gesessen und haben uns die Köpfe heißgeredet. Mona war immer schon im Bett, wir saßen bis vier Uhr früh beim kaltgewordenen Tee und konnten kaum noch denken."

„Du hast die ganzen Bibelstellen gewusst, das hat mir mächtig imponiert."

„Und du hast die Wahrheiten nicht einfach fromm abgenickt. Das war etwas, was *mir* imponiert hat."

„Aber sag, Matthew: Was hättest du mir geraten, damals auf der Terrasse?"

„Ich hätte mir zuerst die ganze Geschichte erzählen lassen, bevor ich irgendwas geraten hätte."

„Damit wärst du auf jeden Fall der Erste gewesen."

„Viele meinen im Ernst, man bräuchte bloß ein bisschen Anständigkeit und Selbstdisziplin und könnte damit jede Sünde vermeiden. Wenn das so wäre, dann hätte Christus nicht am Kreuz zu sterben brauchen!"

Unwillkürlich bin ich energisch geworden. Ich stehe zwar nicht auf der damaligen Terrasse, aber ich muss diesem skrupulösen Menschen, der zur Selbstzerfleischung neigt und mein Freund ist, Mut machen. Lebensmut vielleicht.

„Ich hätte dich gebraucht", sagt Nick traurig und fasst sich an den Kopf. Er reibt seine Stirn und die Stoppeln auf seinem Schädel.

„Wie lange ist das denn her?"

„Drei Jahre. Vier Jahre, wenn man vom Anfang an rechnet."

„Und ich bin heute der Erste, dem du die Geschichte erzählst?"

„Der Erste, dem ich sie ganz erzähle. Der mich gut genug kennt. Der Erste, der die ganze Geschichte wissen will."

„Und was springt für dich dabei heraus?"

„Vielleicht begreife ich dann, was für einen Sinn das alles gehabt hat."

Er lacht resigniert. „Ich weiß bis heute nicht, was da eigentlich passiert ist. Ich bin der Liebe meines Lebens begegnet, dem größten Glück, das ich je erfahren habe. Und ich habe es wieder verloren. Vielleicht hat der Chef es mir geschenkt und dann doch verweigert ... ich weiß es nicht."

Solange man den Sinn nicht hat, denke ich, hat man auch die Geschichte nicht. Nur einen Hergang einzelner Begebenheiten, einen Haufen von Gefühlen, die einander widersprechen und zu nichts führen.

Soweit ich Nick kenne, ist er einer, der gegen die Erwartungen Anderer ankämpft. Er hat sich immer zu wehren versucht. Er hat seine Not damit, das lassen sich die meisten bei ihm nicht träumen. Sie trauen ihm zu, dass er Gott ins Angesicht lacht. Aber er ist nichts als eine arme Sau. Barmherzigkeit, das ist das Wichtigste.

„Lass uns hier nicht rumsitzen", sagt Nick, springt auf und packt Klamotten aus seiner Tasche. Wanderstiefel und eine Regenjacke. „Schauen wir uns Glendalough an", sagt er unternehmungslustig.

„Hast du keinen Hunger?"

„Wir machen uns ein paar Brote", schlägt er vor und wetzt zur Küchenzeile, klappt mit den Schranktüren. „Ach, Shit, ist ja gar nichts da."

„Müssen eben noch einkaufen."

Draußen ist es bewölkt und frisch. Wir steigen ins

Auto, das nach den Schonbezügen riecht. Rüber über die Brücke und rein nach Laragh, ein Supermarkt, klein, aber vollständig.

Ich liebe das Einkaufen in fremden Ländern. Die neuen Marken, die neuen Label, die neuen Brotsorten. Während meiner zwei Tage in Dublin musste ich nicht einkaufen.

Nick ist gerade wie aufgezogen. Er rennt durch die Regale, ruft ständig hey, Matthew! und zeigt mir alles, was er gern hätte. Sieht so aus, als wollte er sich hier für Wochen einrichten.

„Denk dran, dass wir das in drei Tagen nicht aufbrauchen", sage ich und finde es bescheuert, den Ermahner zu spielen. Das macht er manchmal, fällt mir auf. Da lässt er das Kind raus, und die anderen sollen die Spaßbremse spielen.

Zwei Packungen Hobnobs landen im Korb, die blauen mit Schokolade.

„Ich bin wieder in Irland, Mensch!", ruft er und lacht sich einen Ast.

Der Augenblick der Wiedersehensfreude, auf den er lange gewartet haben muss. Irland war immer seine zweite Heimat. Er spielte vier Jahre lang ein zweistündiges irisches Programm auf Kleinbühnen, und bevor Mona auf das erste Kind drängte, hatte er davon geträumt, nach Irland zu ziehen und einen Musikladen aufzumachen. Mona war das aber zu unsicher gewesen.

„Und das Beste", sagt er im Vorbeigehen, „es gibt hier Nutella. Ich brauch unbedingt Nutella!"

Ich nehme einen Sixpack Guinness-Dosen vom Getränkeregal, die mit der Gaskugel, damits den typischen Schaum gibt. Eigentlich sollte ich einen

Vorrat mit nach München nehmen, aber im Flieger ist kein Platz. Nick bringt zwei Glas Nutella, vielleicht hat er wirklich vor, die in den drei Tagen leerzumachen.

„Ich fahr völlig auf Nutella ab, weißt du das eigentlich? Bloß mein Magen verträgts nicht."

„Hier", sage ich neckisch und halte ihm eine Schachtel Porridge unter die Nase, „das wär gesünder."

Beim Tee bleibe ich stehen. Die vielen Kartons, rot, grün, braun, alles duftige Teebeutel im Zellulosevlies, rund, quadratisch, pyramidenförmig, und die Preise sind ein Witz! Am liebsten Barry's Green Label, und Lyon's Gold, aber das brauchen wir natürlich nicht alles. Ich nehme drei Schachteln, die werden wohl noch in den Trolley passen.

„Trinkst du noch Schwarztee?", frage ich Nick.

„Nur."

An der Kasse rechne ich nach. Ich hätte vielleicht noch Geld holen sollen, ich weiß nicht, ob hier meine Kreditkarte akzeptiert wird. Wir warten vor zwei Hausfrauen und einem Touristenpaar, das Gummistiefel kauft.

„Nein", sage ich zu Nick, „ich wusste nicht, dass du so auf Nutella stehst."

„Schon immer. Ich hab dir doch seinerzeit von meiner Maloche beim Brinkmann erzählt. Brinkmann und Söhne."

„Vor deinem Zivildienst? Ja, dass du da gearbeitet hast, hast du erzählt."

„Die Arbeit hat mich fertiggemacht. Schicht und Akkord, das ewige Stehen an der Maschine, die Luft in der Halle und der Geruch, so nach Metallstaub und der Kühlemulsion, die man aufs Metall sprühte – Mann, ich sag dir: Ich war so kaputt, als ich abends heimkam, dass ich bloß noch ferngeglotzt hab. Ich hab einen ganzen Laib Toastbrot und ein ganzes Glas Nutella vertilgt an jedem Abend. Zuerst das Brot leicht getoastet und dann auf die warmen knusprigen Scheiben eine dicke Schicht. Und so den ganzen Abend."

Wir sind dran, Nick wechselt ein paar Worte mit der Kassiererin, einer Rothaarigen mit Doppelkinnansatz und blassen Armen.

Ich erinnere mich an die vielen Geschichten, die mir Nick aus seinem Leben erzählt hat. Anekdote um Anekdote. Das waren keine Stammtischschwänke zur Belustigung. Jede Anekdote stand für etwas, für einen Wendepunkt, eine Weltsicht, eine Lebensphase. Er hat sein Leben erzählt wie einen Roman. Ich habe ihn nie gefragt, ob er sich dessen bewusst ist. Ob er daraus irgendwann seine Lebensgeschichte als ganze in den Blick bekommen hat. Vielleicht hat er einfach ein Talent zum Erzählen, ein Gespür für Wende- und Höhepunkte.

Ich bin abgelenkt, als wir die Sachen ins Auto laden. Ich versuche, mir Nicks Geschichte ins Gedächtnis zu rufen.

Wir fahren zurück zum River House, verstauen die Lebensmittel, machen uns ein paar Sandwiches und brechen auf nach Glendalough. Jetzt erinnere mich an Nicks Erzählungen. Über seine Ausbildung zum Maschinenmechaniker. Über seinen Wunsch, Sänger zu werden. Über seinen Vater. Ja, ich erinnere mich.

Sein Vater hatte bei einem Metzger gelernt, der hatte ihn so geprügelt, das er davonlief. Ohne Berufsabschluss schuftete er als Hilfsarbeiter bei Brinkmann & Söhne, einer Maschinenfabrik in Lübeck. Die Mutter putzte dort und wusch später die offenen Füße des Vaters mit Essigwasser ab, weil der vom Suff Zucker hatte, jeden Abend. In der Ehe hält eine Frau zu ihrem Mann, auch wenn sie es nicht leicht hat. Nick sollte eine abgeschlossene Ausbildung machen, anders als der Vater.

Nick ist fünfundsechzig geboren. Im Viertel Bunte Kuh, wo sie hinzogen, baute man nach einem neuen Konzept: Licht, Luft und Sonne für die Arbeiter, unterteilt in verschiedene Zonen. Schule und Kirche wurden gebaut, Sportanlagen, ein Einkaufszentrum, und untergebracht waren die bald dreizehntausend in Reihenhäusern, Zeilenbauten und Hochhäusern.

Nick hörte viel Musik. Mit sechs hatte er sich seine erste Platte gekauft, Elvis, den hatte er bis zwölf gehört. Dann das Übliche, Status Quo und die Popsongs in der Hitparade im Radio. Dann Dylan, Donovan, Cat Stevens, Janis Joplin. Mit fünfzehn verehrte er Queen und lief wie Freddy Mercury herum, Stoppelhaare und Sonnenbrille mit grünen Gläsern, um sich von den ganzen Poppern abzuheben. Dass Freddy schwul war, wusste er nicht. Aber schon als Knirps war er vor dem Spiegel gestanden und hatte einen Frontman imitiert, und mit vierzehn war ihm klar, dass er Sänger werden wollte.

Er mochte das Schräge und das Schrille und das, was mit wenig Worten viel aussagte. Er wollte eine Gitarre haben und spielen können, was ihm selber in

den Kopf kam, in den Stunden allein auf dem Sport-
platz oder draußen im Lustholz, wo er im Februar
das Eis grau werden und schmelzen sah. Er hatte
Stimmungen und Träume und viel Wut im Bauch –
das wollte endlich mal raus.

Natürlich gehst du zum Brinkmann, sagte sein
Vater. Da hast du eine abgeschlossene Ausbildung,
sagte seine Mutter. Nick wollte eigentlich nicht, aber
was hätte er sagen sollen? Dass er Gitarre spielen
und davon leben wollte? Der Vater verstand ihn
sowieso nicht. Da hatte der Junge sich bis jetzt ganz
gut gehalten, hatte gelernt sich zu wehren und hatte
nicht mehr vor jedem Furz Angst, und jetzt wurde er
komisch. War viel zu dünnhäutig, hörte stundenlang
Musik und heulte, saß draußen im Lustholz und
träumte vor sich hin. So etwas hat es zu meiner Zeit
nicht gegeben, meinte der Vater kopfschüttelnd.

Sie meldeten ihn an und brachten ihn hin, zum
Personalchef von Brinkmann. Nick wusste nicht,
was er dagegen tun sollte. Auf die Musikakademie?
Einfach sich mit der Gitarre auf den Asphalt setzen
und spielen, den Gitarrenkoffer aufgeklappt für
Spenden? Wir betteln nicht. Wir leben von unserer
Hände Arbeit. So ging alles seinen Gang.

Er fing mit dem Job an. Ausbildung, vier Jahre.
Er wollte durchhalten, er wollte so schnell wie möglich sein eigenes Geld verdienen und sich was leisten
können. Taschengeld war vorbei. So machten es ja
alle. Vom ersten Lohn kaufte er sich ein Mofa und
düste mit den anderen durch die Straßen der Sied-
lung und aufs Land hinaus, hing im Freibad ab, ging
wochenends auf Partys. Nur Alkohol trank er keinen.

Abends am Küchentisch sagte er nicht viel. Es gab nichts zu erzählen, was die Eltern verstanden hätten. Er saß in seinem Zimmer und drehte die Musik auf. Stellte sich vor, wie es wäre, mit einer Gitarre auf der Bühne zu stehen. Die Leute würden ihm zuhören, er hätte was zu sagen.

Aber tagsüber musste er sich durchkämpfen. Es tat weh, der jüngste Stift zu sein. So ein kleiner, schmächtiger Konfirmandenbengel, während die anderen schon ein breites Kreuz hatten und im Stimmbruch waren. Jeder durfte ihn schikanieren, besonders die höheren Lehrlinge. Schickten ihn Kaffee holen oder Werkzeug. Fabrikarbeit ist kein Kaffeekränzchen, das war ihm schon klar, aber in Ordnung war das trotzdem nicht. Vor den praktischen Prüfungen hatte er richtig Angst, sie waren dreckig und mühselig und man schaute ihm peinlich genau auf die Finger.

Aber er wollte es gut machen. Er versuchte, sich eine dicke Haut zuzulegen. Er guckte auf den Boden, wenn er das Ambossklangtett oder die kirschrote Anlassfarbe holen sollte und am Schluss ihn alle auslachten. Er versuchte, die fiesen Sprüche und Pöbeleien wegzustecken. In seinem Zimmer dann heulte er und verkroch sich im Bett, drehte die Musik auf, dass keiner das Heulen hörte.

Er strich am Feierabend durch die Straßen, streunte um die Wohnzeilen herum, stand im Einkaufszentrum in den Ecken und beobachtete die Leute. Dort stank es nach Urin und Hundescheiße, und so sahen auch die Leute aus: zerknitterte, abgestumpfte Gesichter, die hängenden Schultern, die grauen Klamotten. Viele waren arbeitslos, die

Verbrechensrate hoch. Türken mit Schnauzbärten hingen herum und versuchten, ihren Stolz zu behalten. In den Hochhäusern wurde die Marmorverkleidung demoliert, in den Reihenhaussiedlungen schmückten sie ihre Haustüren mit Gartenzwergen und Buntglas, bevor es die Sozialhilfe nicht mehr zuließ.

Wieso lebten die Menschen so, wenn sie doch was ganz anderes wollten?, fragte er sich. Jeder wollte das doch, wie konnte auch nur ein Einziger dieses ganze Elend aushalten?

Er wusste nicht, dass er gut singen konnte, dass seine Stimme schöne Töne hervorbrachte. Er wusste noch nicht, dass die menschliche Stimme das größte Instrument von allen war.

Zum Gitarrespielen kam er schließlich, indem er im Haus einer Freundin eine Konzertgitarre stehen sah. Die Anderen waren losgezogen in die Disco, er blieb allein zurück und schnappte sie sich und legte die Finger auf die Saiten, wie er es gesehen hatte. Aber so leicht war das nicht. Er schaffte es nicht, dem Ding einen einzigen vernünftigen Ton zu entlocken.

Er beschloss, es zu lernen. Vom nächsten Lohn kaufte er sich eine billige Gitarre, brachte sich die Griffe bei und schrieb drei Wochen später seinen ersten Song. Das ging ganz von selbst. Die Texte hatte er längst im Kopf. Dann hielt er seine Gitarre in den Armen, die Finger tasteten die straffen Saiten, das Nylon unterm Druck klang und vibrierte, die Fingerspitzen wurden wund von den Griffen, er spielte bald mit geschlossenen Augen die Songs, die er drauf hatte, er sang leise vor sich hin in seinem

Zimmer oder auf der Wiese bei der alten Landwehr, Dylans *How many roads* oder Donovans *Donna*, noch für sich selber, aber seiner eigenen Stimme lauschend, die laut wurde im riesigen Schweigen der Welt, mit der ein Mensch sich meldete und auf seiner Existenz bestand, er sang für die vielen Unbekannten, denen es genauso ging. Er war glücklich.

Vier Jahre kämpfte er sich durch. Wollte einen guten Facharbeiter machen, aber als dann in der Probezeit Akkord und Schichtarbeit anfingen, wurde es noch schlimmer. Vor der Prüfung bekam er sein erstes Magengeschwür. Mit siebzehn verweigerte er den Wehrdienst. Nur politisch Radikale und Zeugen Jehovas verweigerten. Dem Vater wurde es zu bunt. Hältst du dich für was Besseres?, höhnte er. Ein Verweigerer schläft nicht unter meinem Dach. Wenn du nicht zum Bund gehst, schmeiß ich dich raus!

Nick ließ es drauf ankommen. Er schrieb seine Verweigerung, wurde anerkannt und fand einen Platz beim Arbeitersamariterbund als Krankenwagenfahrer. Der Vater warf ihn nicht raus. Im Gegenteil: Als Nick an einem Abend mit dem Krankenwagen vors Haus fuhr und in Sani-Uniform ausstieg, da war er ganz gerührt. Mensch, der Junge! Schicke Uniform.

Wir fahren das Sträßchen nach Glendalough entlang, zwischen Steinmauern und Lattenzäunen. Eine Böschung verhindert den Blick nach links, zwischen den Buchen und den leuchtenden Ginsterbüschen lugt ein keltischer Rundturm heraus. Rechterhand in der Heide blüht es, Kiefern stehen wie im Nationalpark, es geht zum Visitor Centre, dann kommt das moderne Hotel in Sicht. Das Sträßchen wird eng, hinter den Bäumen taucht jetzt der Turm in seiner ganzen Größe auf. Viehweiden mit weißen Ziegen. Eine Bretterhütte.

„Wohin willst du denn?", frage ich.

Nick zuckt die Schultern. „Ich dachte, zuerst an den unteren See. Von dort können wir hierher zurück und uns den Turm und die Kirche anschauen."

Eine kleine Kurve zwischen Steinmauern. Voraus sind die Bergrücken sichtbar, Glendalough liegt ja in einem Tal. An den Hängen Laubbäume im Frühlingsflor, die Kämme kahl und heidebraun. Dann treten die Bergrücken zu beiden Seiten näher, Efeuwälle säumen die Straße, und vor uns unterm wattigen Himmel stehen die sanften Gipfel der Wicklow Mountains. Linkerhand auf einmal ein tiefes Blau. So geht das ein Stück, und dann fahren wir auf den Parkplatz. Bevor es Gebühren kostet, überlegen wir, ob wir richtig sind.

„Komisch", sagt Nick, „ich dachte, hier kommen wir zum See."

„Lass uns umkehren", sage ich.

Als wir endlich am Visitor Centre parken, wimmeln schon einige Besucher herum. Wir traben die Wege entlang und kommen auf ein wildes Gelände. Durchgepflügt, wäre das richtige Wort. Überall Kreuze, die keltischen mit dem Kreis, Farne wuchern und bilden Dickichte, Rhododendron, kleine Brücken über Wasserläufe im Moos. Eine Ruine, zerfallenes Geviert. Die besser erhaltene Version entpuppt sich als St. Kevin's Church mit einem Türmchen, das wie ein Kamin aussieht. Infotafeln stehen herum, vom Fluss herauf riecht es feucht und krautig.

Die Besucher verirren sich in dem labyrinthischen Areal. Wir wandeln ratlos umher.

„Interessiert dich eigentlich die Geschichte des Klosters?", fragt Nick.

„Wenn ich ehrlich sein soll: nö."

Wir setzen uns auf eine der Mauern und schauen den Leuten zu, wie sie zwischen Altertümern und Farnwald auftauchen und verschwinden.

Ich zünde mir eine Zigarette an, brauche was im Mund und in der Hand, wenn ich hier so besinnlich herumsitze. Die Rauchfahnen flüchten hastig und blass vor dem Grün der Hangwälder.

Ich entdecke, dass er mit einem Ring spielt. Wechselt zwischen den Fingern hin und her wie ein Rosenkranz. Sieht nicht nach Ehering aus, die sind ja golden. Ich gucke unauffällig näher hin, das ist doch Blech, oder sogar Plastik.

„Was ist denn das für ein Ring?", frage ich.

Er schaut ihn an wie zum ersten Mal, schnupft dann und meint mit schwermütigem Fernblick: „Den hab ich behalten. Sie hat ihn mir angesteckt, er passte grade auf die Spitze meines kleinen Fingers. Aus einem Kaugummiautomaten, als wir mal in der Lübecker Altstadt unterwegs waren. Für meinen Herzensprinzen, hat sie gesagt. Jetzt sind wir verlobt, hat sie gesagt, bis in alle Ewigkeit."

Ich sage nichts.

„Ich hab kein Foto von ihr, bloß diesen Kaugummiring. Aber den würde ich für nichts in der Welt eintauschen."

Er steckt ihn weg und schaut wieder um sich.

Hinauf zu den Bergen.

Ich atme tief ein. Die Luft tut gut. Besser als mitten in Dublin. Eine milde, sachte, regenfeuchte Luft. Satt, stärkend. Irlandluft. Inselluft.

„Wann warst du eigentlich das erste Mal in Irland?"

„Mit Luka. Damals, nach dem Tod meiner Schwester."

Ich nicke.

„Matthew", sagt er, „ich liebe eine verheiratete Frau."

„Verheiratet ist sie auch noch?"

„Ich bins ja nicht mehr."

„Und du liebst sie immer noch?"

„Ja. Sie ist die Liebe meines Lebens. Glaubst du mir das?"

Ich zucke die Schultern.

„Als ich zu ihr ins Auto stieg, so kommt es mir jetzt vor – das war der Wendepunkt in meinem Leben. Ich hab gewusst: Das ist sie, die Frau meines Lebens! Das war keine Entscheidung, das stand alles schon fest."

„Wie habt ihr euch kennengelernt?", frage ich.

„Sie hat an der gleichen Schule gearbeitet, als Nachmittagsbetreuung, wie ich. Sie wohnte auch in Mönkhagen, wie sich herausstellte. So konnte sie mich morgens mitnehmen, weil Mona ja den Wagen brauchte."

„Ist sie noch in Mönkhagen?"

„Soviel ich weiß. Ihr Mann wollte anfangs nicht, dass sie arbeitete. Später machte er wieder Druck, sodass sie aufhörte. Er hätte ihr viel zu viel Freiheit gelassen, das täte ihr nicht gut."

„Was ist denn *das* für einer?"

„Sie gehört zu so einer strengen Gemeinde in Lübeck. Irgendwas mit ‚biblisch' im Namen. Rose geht da schon zwanzig Jahre hin, hat dort auch ihren Mann kennengelernt. Der reinste Psychoterror, sag ich dir. Sie ist bei ihrem Mann geblieben, am Schluss."

Aha, denke ich. Abgewiesene Liebe. Er hat sie nicht etwa deshalb losgelassen, weil es Ehebruch war. Er hat sie überhaupt nicht losgelassen.

„Na ja", sage ich. „Aber du, wie siehst du das inzwischen? War es für dich Ehebruch oder nicht?"

Er schnupft mehrmals hintereinander. „War es wohl. Steht ja da schwarz auf weiß. Aber ich habe kein Gefühl von Schuld, wenn du das meinst. Ich konnte einfach nicht anders."

„Man hat an einem bestimmten Punkt immer die Entscheidung", sage ich. „Man weiß immer, was man macht, aber oft legt man sich keine Rechenschaft darüber ab."

„Wenn, dann ist die Entscheidung gefallen, als ich zu ihr ins Auto gestiegen bin. Das war der Schicksalsmoment."

„Fang nicht damit an!"

„Matthew, ich sag dir: Sie ist *schön*! Ihre langen Haare und ihre Figur, und ihre blauen Augen, wasserblau, weißt du, wie ein See oder ein Frühlingshimmel, so voller Licht, ein Licht von innen heraus, und wenn die Sonne schien, konnte ich bis auf ihren Grund sehen. Sie ist die schönste Frau, die ich je gesehen habe."

Ich kann das nicht ertragen. Wenn ein Mann so von einer Frau schwärmt, fällt mir nichts mehr ein.

Natürlich denke ich, dass mir so was nicht passieren könnte. Ich habe noch nie so von einer Frau geschwärmt. Und die Liebe meines Lebens, Gisela, ist ganz anders in mein Leben gekommen als durch einen Schicksalsmoment. Vielleicht bin ich ja neidisch, dass er so etwas erlebt hat, aber ich traue dem Ganzen nicht. Da ist nach meiner Erfahrung viel Verklärung und Narzissmus dabei. Und Pathos. Nick kann kaltschnäuzig und sentimental sein, beides zugleich. Das bringt nur er fertig.

„Ich war ihr Herzensprinz", fährt Nick fort. „So einem Menschen wie mir war sie noch nie begegnet. Ich war so ganz anders als die Leute, die sie kannte. So völlig anders als ihr Mann. Bei mir fühlte sie sich zum ersten Mal liebenswert, anerkannt so, wie sie war. Sie hielt sich selber ja nicht für hübsch, aber sie war schön, Matthew ...“

„Sie war verheiratet, Nick. Das hätte dich abhalten sollen."

Plötzlich wird mir klar, dass ich genauso rede wie die Leute, die ich vorhin kritisiert habe. Ein bisschen Vernunft und Selbsterkenntnis, das hätte ihn abgehalten! Auch wenn ichs nicht nachvollziehen kann: Ich muss ihm glauben, dass er es so erlebt hat.

„Sie ist die Liebe meines Lebens. Ungelogen. Das musst du mir glauben, Matthew! Sie kam mir wie ein Geschenk vor. Mit ihr war ich so glücklich wie noch nie in meinem Leben."

Ich könnte jetzt darauf hinweisen, dass Gott wohl kaum ein Glück mit einer verheirateten Frau schenkt, wo man selber verheiratet ist und zwei Kinder hat. Aber ich hab ja versprochen zuzuhören. Ich will ja verstehen und nicht theologisieren.

„So hab ich es erlebt. Es war so klar. Natürlich hab ich den Kindern und Mona wehgetan, ich hab unsere Familie zerstört! Aber ich konnte gegen diese Liebe nichts machen. Ich weiß nur, dass ich ohne sie nicht mehr leben wollte. Sie war alles, was ich mir je gewünscht hatte."

„Deshalb ist sie noch lang kein Schicksal."

„Aber genau so hab ich mir die große Liebe immer vorgestellt! Sie blühte richtig auf in meiner Gegenwart. Sie lachte und neckte mich und schaute mich dann mit ihren blauen Augen an – mir wurde ganz anders. Und ihre Berührungen, Matthew, ihre Berührungen, ehrlich, ich sag dir: So hat mich noch keine Frau berührt.

Ich meine nicht erotisch. Einfach ihre Fingerspitzen auf meinem Arm, oder ihre Hand auf meiner Brust. Oder wenn ihr Gesicht ganz nahe vor mir war. Ich hielt den Atem an. Ihre Nähe war so intensiv, so stark ... das habe ich noch nie erlebt. Und wie sie roch: nach der Wärme ihrer Haut, nach der Handkrem, die sie benutzte, und ihr Parfüm oder Deo oder was das war, so leicht und süß. Oh Mann, Matthew!"

Mir ist das zu viel Gefühl. Sentiment, dummes Zeug. Das gibt's nicht, denke ich, dass so eine vollkommene Liebe einfach ins Leben tritt. Das ist keine Fügung, kein Verhängnis einer höheren Macht. Das hat alles seine Herkunft und seine Geschichte, das hat seinen Zauber, an dem man selbst mitwebt.

„Und Mona war das alles nicht, heißt das?"

„Die Ehe mit Mona, das weißt du ja nicht, Matthew. Du bist ja zweitausenddrei weg. Nein, da ist nicht mehr viel geblieben. Und so wie mit Rose ist das nie gewesen. Das ist schon ganz am Anfang schiefgelaufen. Ich denk mittlerweile, dass sie nie verstanden hat, wie ich funktioniere. Wir haben nie miteinander darüber gesprochen, die Sachen auf den Tisch gelegt. Wenn, dann haben wir uns nur gegenseitig Vorwürfe gemacht, dem anderen die Schuld zugeschoben. Am Schluss wars ganz schlimm. Das müsste ich dir mal ausführlich erzählen, das mit Mona."

„Tu das. Wir haben alle Zeit der Welt."

„Stimmt, das haben wir", sagt er und klingt trotzdem verzweifelt.

„Du bist noch nicht über die Sache weg", sage ich überflüssigerweise.

„Es ist immer gegenwärtig. Ich habe nichts vergessen. Ich will es auch gar nicht. Sie war mein Glück, und ich habe sie verloren."

„Was stellst du dir denn unter deinem Lebensglück mit ihr vor?", will ich wissen. „Wie sieht das aus?"

„Hab ich dir mal von Fallada erzählt? Der erste Roman, den ich gelesen habe, damals im Zivildienst? *Kleiner Mann, was nun?*"

„Ja, das hast du erzählt."

„Da war eine Stelle drin, die hab ich mir damals angestrichen. Ich kann sie bis heute auswendig. *Draußen war ja die wilde, weite Welt, mit viel Radau und Feindschaft, die gar nichts Gutes von einem wusste und wollte – war es da nicht gut, wenn eines am anderen lag und sich fühlte wie eine kleine, warme Insel?* So sollte das sein in der Zukunft. Das wars, was ich gesucht habe. Mein Leben lang."

„Und bei Rose hast dus gefunden."

„Ja."

Ich weiß, dass sich dagegen schwer etwas sagen lässt. Warum will ich überhaupt etwas dagegen sagen? Ganz einfach: Wenn das Liebe ist, die höchste Liebe, wie sie zwischen Menschen vorkommen kann, dann ist nicht einzusehen, warum sie bloß deshalb falsch sein soll, weil beide schon verheiratet sind. Ein Irrtum der Biografie – und schon wird aus Liebe Ehebruch? Was unterscheidet die eine Liebe von der anderen außer ein biblisches Gebot?

Ich kann verstehen, dass ihm das nicht einleuchtet. Leuchtet mir ja auch nicht ein. Ich könnte mir nur sagen lassen, dass es falsch ist, würde es aber wenigstens verstehen wollen, bevor ich es beherzigen soll.

Gehorsam, denke ich. Scheißdrauf.

Mit Gehorsam braucht man mir nicht zu kommen. Ich glaube an einen Gott der Freiheit und der Liebe. Das hab ich ja selbst erlebt, damals mit Nadine, die kleine Geschichte vor vier Jahren. Hab ich schon fast vergessen, jetzt fällt sie mir wieder ein. Aber das war etwas ganz anderes als Nick und seine Rose.

„Lass uns ein bisschen gehen", sage ich. „Ich muss mich bewegen."

„Ich auch", sagt er.

Wir verlassen die alten Gemäuer und überqueren den Fluss auf der Brücke. Er rauscht kalt und schäumt. Jenseits läuft ein Wanderweg, direkt unterm Hang. Wir nehmen den überschaubaren Gang auf, finden in einen zügigen, gleichmäßigen Schritt und wandern nach Westen, das Tal hinauf. Unterm Laubdach ist es schwül und riecht nach Wald. Ich muss die Regenjacke ausziehen, mir wird warm.

Fallada, denke ich und erinnere mich. Das hat er mir erzählt. Von seinem Zivildienst und wie er zum Lesen kam. Wie das mit Brinkmann weiterging. Wie die Freundschaft mit Luka anfing. Ja, ich erinnere mich.

In der Zeit, als er nichts mehr von seinem Vater wissen wollte, traf er Luka wieder, den Freund aus der Streberklasse, im Freibad Moisling. Luka machte das Abi und wollte studieren, las Dostojewski und hatte lauter verrückte Ideen im Kopf. Nick wusste, jetzt war die Zeit reif für eine Freundschaft. Jetzt hatten sie sich was zu sagen.

Nach der bestandenen Probezeit begann Nicks Zivildienst beim ASB. Dort entdeckte er das Bücherlesen wieder. Schon mit sechs war er in die Bücherei gegangen und hatte sich einen eigenen Ausweis geholt. Jedesmal hatte er einen Stapel Bücher nach Hause geschleppt oder dort zwischen den Regalen gelesen. Die Bücher beruhigten ihn, es roch gut dort, ein bisschen schwartig und nach Teppichboden und Stille. Pippi Langstrumpf beeindruckte ihn, weil sie stark war und Geld hatte und ein eigenes Haus - sie brauchte niemanden. Aber kein Kind war so stark und hatte so viel Geld. Außerdem war Pippi ein Mädchen. Da war ihm Huck Finn schon lieber. Der war unabhängig, schlief in einer Tonne und wollte nicht von der Witwe adoptiert werden. Ein Vagabundenleben, das war denkbar. Ein freies Leben, mit dem Boot auf dem Mississippi, von Insel zu Insel, träger brauner Strom, die bewaldeten Ufer weit weg,

Lagerfeuer und Schlafplatz. Pfeife rauchen, aber Nick rauchte nicht. Mit neun wagte er sich an *Moby Dick* und war auf der Seite des Wals, litt mit im Kampf des Ungeheuers um sein Leben.

Und jetzt, mit achtzehn, saß er unten im Keller beim ASB, wo die Spinde waren, und las Falladas *Kleiner Mann, was nun?* Es gab wenig zu fahren in der Zeit, hier unten störte ihn niemand. Es war stickig und staubig, der Fliesenboden kühl, er saß dort in einer Ecke und las. Er las Falladas kleinbürgerliches Alptraum-Idyll, diese Enge und Miefigkeit kannte er, diese Bretterköpfe und Angstrechner in armseligen Wohnungen, Hemdenbügeln kostet fünfzig Pfennig, was bleibt nach Miete und Heizung fürs Leben? Was bleibt nach dieser rührenden Seldwyla-Posse, diesem naiv-erbarmungswürdigen Familienglück, vom Leben? Lämmchen und Pinneberg lieben sich, wollen einander treu sein, aber die Schlinge zieht sich immer enger, das Dickicht ist und bleibt undurchdringlich. Ja: Kleiner Mann, was nun?

Da sitzt er, achtzehnjähriger Zivi, im Keller bei den Spinden, weiß nicht, wohin es gehen und wie er den nächsten Schritt tun soll, und erkennt alles wieder: die Hoffnung, die Illusion, die zähe Widerständigkeit der Welt, die Angst und Kleinherzigkeit, den Glauben an das große Glück und die einzige, felsenfeste Gewissheit, die es gibt: Man muss sich wehren! Kämpferherz. Nick, der Fighter. Zwischen Bratkartoffeln und Schnapsdunst, zwischen Gitarrensaiten und den ersten eigenen Märkern im Beutel. Kämpfen. Sich so lange wehren und nicht untergehen, bis das Glück kommt. Das Glück kommt durch Glück, und dann muss man es nur ergreifen. Kampf und Schicksal, beides ist wahr. Nicht mehr allein sein, ja, so stellt er sich das Glück vor. Nur einander im Arm halten, einander Geborgenheit und Schutz geben, die Stelle im Buch streicht er sich an.

Von diesem Glück weiß er noch wenig, immer ist es bloß ums Fummeln und Küssen, um Eitelkeiten und Missverständnisse gegangen. Nur jetzt mit Nora, wenn sie sich in seinem Zimmer verkriechen, unter die Decke schlüpfen, Musik hören, dann kann draußen die Welt untergehen. Das Bild setzt sich in ihm fest, er merkt es gar nicht: die kleine, warme Insel. Der eine Mensch, der zu ihm hält, der ihn versteht, der ihn will, wie er ist. Ergänzung, Gleichklang. Die große Seligkeit leibhaftiger Nähe.

Die Tränen liefen ihm, während er las. Ja, das war es, was ihn da unten im Keller bei den Spinden so mitnahm: Er konnte das ganze Elend lesen, schwarz auf weiß, da sprach es einer aus und machte es sichtbar. Das tat weh und war großartig. Dass Literatur, dass Kunst sowas konnte. Das öffnete ihm einen Horizont, den es bisher nicht gegeben hatte, wie ein weites Grasland oder wie das Meer. Raum genug, damit er alles sein konnte.

Er las Fallada in zwei Tagen aus und las weiter, den *Michael Kohlhaas*, Capotes *Frühstück bei Tiffany*, die ganzen Dramen von Shakespeare, las Steinbeck und Hemingway, tauchte ein in den Mythos aus Mojito, Maschinengeklapper und den Blue Marlin am Haken – achtzig Bücher in zwanzig Monaten. Er las, wo er stand und saß, las während der Untersuchungen der Patienten, auf dem Beifahrersitz, beim Gang zur Garage, sag mal, fragte ihn ein Kollege, machst du noch was anderes außer lesen? Nö.

Langsam füllte sich das Bücherregal in seinem Zimmer. Viel konnte er sich ja nicht leisten vom Sold, aber seine Schwester nahm ihn manchmal in die Stadt mit und lud ihn ein, sich was auszusuchen. Sie war inzwischen verheiratet, unglücklich, der Typ soff genauso wie der Vater, und kam nur noch manchmal zu Besuch.

Johnny nannte sie ihn immer, nach seinem zweiten Vornamen, und nur sie durfte das. Johnny, such dir was aus. So kam allmählich eine ganze Hesse-Ausgabe zusammen und stand in den Farben der Suhrkamp-Taschenbücher auf dem einen Brett überm Bett, das bald nicht mehr ausreichte.

Hesse liebte er natürlich. Der Begriff „Selbstfindung" für das, was er bisher nur unklar gesucht hatte, machte es wirklicher. Er hatte nicht gewusst, dass einer nach sich selbst suchen musste, dass einer sich verlieren oder noch gar nicht gefunden haben konnte. Jetzt las er von Leuten, die ihren eigenen Weg gehen mussten, auch wenn das einsam und sonderbar machte.

Den *Steppenwolf* las er und *Demian* und natürlich *Unterm Rad*, die Geschichte, wie ein Lateinschüler Mechanikerlehrling wurde und zugrunde ging. Nick war also nicht der Einzige. Viele andere machten sich Gedanken, durchschauten es, litten darunter. Vielleicht, dachte er sich über all den fiktiven Existenzen, vielleicht muss ich diese Anderen einfach finden.

Luka war der Erste.

Luka hatte wohlhabende Lehrereltern, war mit

Bildung und Kunst aufgewachsen. Auch Luka trank keinen Alkohol und rauchte nicht. Luka war ein Intellektueller. Einer, mit dem Nick über Bücher und Musik reden konnte, der ihn auf Klassik brachte, der ihm Beethoven vorspielte. Der aber nach ein paar Semestern sein Studium hinschmiss, zu einer Zeit, als Nick sich selber wünschte, studieren zu können. Exmatrikulierte sich und wurde Landschaftsgärtner. Wühlte im Dreck, nachdem er vorher die russischen Klassiker gelesen hatte.

Lukas Mutter rief bei Nick an und lud ihn zum Tee ein. Salon hatten sie zwar keinen, aber ein nobles Wohnzimmer mit Ledersesseln und Marmortisch. Nick wusste nicht, wie ihm geschah, und zwischen Silberlöffeln und Porzellan fragte ihn die Mutter, ob er nicht mal mit Luka sprechen wolle wegen seines Studiums, er sei doch sein Freund, er könne ihn doch überreden weiterzumachen. Das war oberpeinlich. Nick verschluckte sich am Tee und schaffte es, sich nach einer halben Stunde dünne zu machen. Er ging den Plattenweg lang zum Tor und schüttelte den Kopf. Das Leben war manchmal komisch.

Nach dem Zivildienst fing Nick wieder bei Brinkmann an, weil ihm nichts Besseres einfiel. Aber das war jetzt, nachdem er die anderen Welten kennengelernt hatte, unmöglich geworden. Er kam morgens zu spät, hielt sich an keine Regeln und saß die meiste Zeit auf dem Klo und las. Der Meister persönlich klopfte einmal an die Klotür und mahnte ihn ab. Als das nichts half, bestellte er die Mutter ins Büro und sagte ihr, es sei fünf vor zwölf mit Nick. Noch das geringste Vorkommnis, und er könne stempeln gehen.

Die Mutter redete Nick ins Gewissen, klein und verkrümmt stand sie in der Zimmertür, flehte und mahnte und sorgte sich, sie wusste, was ein Arbeitsplatz wert war, aber sie hatte nie überlegt, was er einen kosten konnte. Nick schüttelte nur den Kopf. Er war fest entschlossen, aus der Welt, die seine Eltern kannten, auszusteigen. Am nächsten Tag las er auf dem Klo *Wem die Stunde schlägt* zuende, wurde entlassen und ging auf die Berufsaufbauschule, um die Mittlere Reife nachzumachen, dann das Abitur. Vielleicht konnte er doch noch auf ein Konservatorium gehen oder Musikwissenschaft studieren, er, der nicht mal Noten lesen konnte.

Drei Monate machte er die Schule mit. Aber das war nicht mehr wie früher in der Grundschule. Nick rackerte sich ab, las die Bücher wie zähen Zement, nachdem die Romane geflossen waren wie Nektar. Das waren keine Bücher, das waren Gefängnisse. Jedes eine klaustrophobische Welt.

An einem Vormittag zur Pause wurde ihm klar, dass er diese ganze Chemie und Mathematik und Physik nie kapieren würde. Dass es nicht das war, was er wollte. Dass er die vier Jahre Schule nicht durchhalten würde. Er stand auf, packte sein Zeug zusammen und ging zur Tür. Die Kameraden fragten ihn, wo er hinwolle, nachher hätten sie doch noch Unterricht.

Ich nicht, sagte Nick. Ich komm nicht wieder.

Das war wieder so ein Wendepunkt, fühlte er, eine schicksalshafte Entscheidung, bei der alles längst klar war.

Und dann starb seine Schwester.

Eine Zeitlang gehen wir schweigend. Drüben sehen wir den Bergrücken, gesäumt von Laubbäumen, dann der blanke Gipfel. Ein bisschen nordisch, aber das Tal mit seiner Idylle eher englisch, Cottages und Weiden und das Blau des Sees. Der Wanderweg führt um beide Seen herum und, wenn man will, in die Berge hinter Glendalough. Vier Stunden, steht angeschrieben. Könnten wir vielleicht morgen machen. Nick braucht Bewegung.

Wir kommen an dem Parkplatz vorbei, wo wir vorhin umgekehrt sind. Wieder altes Gemäuer in der Aue, ein Friedhof mit Steinkreuzen, St. Kevins Zelle, eine Kirche. Mönchsleben zu Füßen der Wicklows. Abgeschiedener Weltwinkel, Tage in Stille und Andacht. Der harte Geruch der Steine. Bienenkörbe bei den Ginstern. Die Birken am See geschält, Birkenpech als Kleber.

Manchmal habe ich auch Lust, den ganzen Bettel hinzuschmeißen. Mich aus der Welt zurückzuziehen. Aber das nützt nichts. Der Mensch wird sich überall zum Fallstrick. Die Welt ist absurd und führt einen in absurde Situationen. Die lassen sich nicht mit einem Vorschriftenapparat bewältigen. Man muss einen Sinn entwickeln, man muss den kennen, an den man glaubt, um zu wissen, was er tun würde. Ein Leben in der Wahrheit, wenn das so einfach wäre! Ich stelle mir darunter nur seine Nähe vor, seine Gegenwart, in der ich lebe. Mit Richtigmachenwollen kommt man nicht weit. Schuld ist unausweichlich, so ist die Welt eben.

Wir kommen an einem Cottage vorbei. Der Fluss verlässt hier den oberen See. Wiesenufer, Wacken im Strom, es plaudert. Wir setzen uns ans Ufer, ich rauche, Nick schaut sich schweigend um. Ein paar Spaziergänger, drüben die Autodächer, die in einem Sonnenstreif aufblinken wie ein Signal.

„Ich bin froh", nehme ich das Thema wieder auf, „dass du nicht mit dem Gott-ist-Liebe-Quatsch ankommst. Das ist die Ausrede derer, die vor dem Gebot ausweichen wollen."

„Was meinst du?"

„Na, wenn Gott Liebe sei, dann könne doch diese Liebe nicht falsch sein. Er will doch, dass sich die Menschen lieben und so."

„Um ehrlich zu sein, das hab ich gedacht."

„Kann denn Liebe Sünde sein? Natürlich kann sie. Wie alles, was der Mensch tut. Diese Welt ist so verrückt, dass eben auch die reinste Liebe falsch sein kann."

Er schüttelt den Kopf. „Das kann ich immer noch nicht glauben."

„Ich will jetzt nicht von zwei Arten von Liebe reden. Die göttliche Agape und der menschliche Eros. Das bringt nichts."

„Und du meinst, ich weiche dem Gebot aus?"

„Du siehst keinen Sinn darin."

„Ganz genau. Was für einen Sinn haben die Gebote denn?"

„Das haben wir doch alles schon durchgekaut", stöhne ich.

„Dann kauen wir es noch mal durch!"

Ich seufze. „Das hat doch keinen Sinn."

„Wenn ich das Gefühl habe, mir ist die Liebe meines Lebens begegnet, ich habe eine Frau getroffen, die mich mehr versteht als irgendeine, und wenn ich dann denke: Das ist vom Chef, das schenkt er mir jetzt – wie kann dann so ein verstaubtes Gebot daherkommen und das Gegenteil behaupten?"

„Die Gebote sind wie Meilensteine, verstehst du? Wegsteine, diese granitenen Dinger am Wegrand, die einem die Richtung zeigen. Wer also wirklich den Weg gehen will, den Gott gutheißt, der hält sich an die Meilensteine. So ist das gedacht."

„Aber die Gebote sind doch viel zu pauschal! *Du sollst nicht ehebrechen* – ich meine, da kommt's doch ganz auf den Einzelfall an. Da muss man doch näher hinschauen und die Umstände berücksichtigen."

„Eben nicht. Das ist ja der Sinn der Gebote: ein ganz simples Korrektiv. Ich habe schöne Gefühle und denk mir: Das muss von Gott sein. Die Gebote sagen mir das Gegenteil. Dann kann ich wissen: Egal was ich fühle, ich kann das jetzt nicht auf Gott schieben. Es ist mein eigenes Ding, und ich kann nicht behaupten, dass ich dabei Gott im Boot habe.

Verstehst du, Nick? Darum geht's! Meine schönen Gefühle können nicht zur Legitimation herhalten, und ich kann sie nicht einfach für gottgegeben erklärem. Denn Gott hält ausdrücklich dagegen.

Manchmal sind die Gebote wie Wellenbrecher, gegen die ich mit der ganzen Wucht meines Ichs laufe."

„Hey, Matthew", sagt er, „ganz ehrlich: Das ist mir zu kompliziert. Ich dachte, Glauben sei eine einfache Sache."

Ich seufze wieder. Wir haben das alles tatsächlich schon durchgekaut. „Der Glauben ist einfach", sage ich. „Er widerspricht nur eben unseren menschlichen Erfahrungen. Deshalb haben wir ja das Buch: dass wir uns in unserem Menschsein und unserer

Vorstellung von Gott korrigieren lassen können."

„Du meinst also, ich sollte irgendwann einsehen, dass es meine Schuld war?"

„So Gott will und wir leben", seufze ich.

„Das kann ich nicht."

„Ich weiß."

„Ich will nur verstehen, was es war. Außer dieser Ehebruchscheiße! War das eine Prüfung? Oder eine Versuchung? Steckt der Teufel dahinter?"

„Das würde dem Teufel zuviel Ehre antun. Damit macht man es sich zu leicht: Bevor man sich der eigenen Verantwortung stellt und nach den Gründen sucht, verdammt man alles in Bausch und Bogen und wälzt die Schuld auf den Teufel ab. Dann braucht man nicht mehr an sich zu arbeiten."

„Der Pastor der Gemeinde hat mir gesagt, ich befinde mich auf dem Weg Satans. Auf dem Weg ins Dunkel. Ich würde schon sehen, was ich davon hätte."

„Das war ein Arschloch."

„Du kennst ihn."

„Drum sag ichs."

„Ich müsste umkehren, sonst würde ich mich immer weiter vom Chef entfernen, bis es zu spät sei."

Langsam werde ich wütend. Ich weiß, dass Leute wie dieser Pastor mich immer wieder aufbringen. Ich weiß es besser und sollte Geduld haben, aber soweit bin ich noch nicht. Ich habe zu lang mit diesen Ansichten herumgekämpft, mit dieser Hauruck-Theologie, als dass ich darüber hinweg sein könnte.

„Lass uns was essen", sage ich und hole die Sandwiches aus der Tasche.

Wir packen aus, richtig picknickmäßig wird das, an den Ufern des Flusses, im leise murmelnden Auental unterm bleiernen Himmel. Eine Safttüte, Wasserflasche, Hobnobs zum Nachtisch.

„Es ist also irgendwann aufgeflogen, oder?", sage ich kauend.

Er nickt.

„So was kommt immer raus", sage ich. „Es ist blauäugig, an ein ungestörtes Glück zu glauben."

„Rose hat mir von einer Kollegin erzählt, die dreiundzwanzig Jahre einen Anderen gehabt hat."

„Dreiundzwanzig Jahre? Das spricht nicht gerade für den geistigen Zustand des Ehemanns."

„Wir haben wie auf einer Insel gelebt", sagt Nick.

„Kenn ich. Eigene kleine Glückswelt."

„Wir hatten einen Frühling und einen Sommer zusammen. Ein halbes Jahr. Das war die schönste Zeit meines Lebens, Matthew, ehrlich!"

„Und wie ists aufgeflogen?"

„Ich hab einen Zettel mit einem Lied für Rose in meiner Jacke gelassen, und Mona hat ihn entdeckt. Sie hat sich gleich gedacht, dass das Lied nicht für sie ist."

„Lieber Freund und Kupferstecher", sage ich und schaue Nick über den Rand meiner Brille an, „das könnte man eine klassische Freudsche Fehlleistung nennen."

„Wieso?"

„Wahrscheinlich wolltest du, dass es rauskommt. So blauäugig, dass man ein Liebeslied an der Garderobe hängen lässt und nichts befürchtet, bist nicht einmal du."

„Ich wollte nie, dass es rauskommt! Das musst

du mir glauben. Ich wollte, dass es immer so weitergeht."

„Freud würde sagen, dass du in Wirklichkeit eine Entscheidung wolltest. Du hast dich gefragt, wann der zweite Schritt kommt, der Schritt über die Heimlichkeit hinaus. Du wolltest, dass sie sich zu der Liebe zu dir bekennt und sich scheiden lässt. Stimmts?"

Nick ist baff. „Ich glaub, du hast recht. Und du meinst, ich habe das so arrangiert, dass Mona das Lied finden soll? Im Ernst?"

„Das Herz des Menschen ist ein Abgrund", orakle ich. „Und was ist dann passiert?"

„Mona war außer sich. Sie hat getobt und mich beschimpft, das war grauenhaft."

„Mona? Das hätte ich ihr gar nicht zugetraut."

„Sie konnte mir gegenüber richtig eklig sein, weißt du. Manchmal hat sie mich so niedergemacht, auf einem Ausflug im Auto, dass sogar die Kinder was gesagt haben."

„Mona? Echt?"

„Aber das Schlimmste war, dass Rose jetzt an fing, Skrupel zu bekommen. Irgendwann hat ihr Mann es auch erfahren und ihr verboten, mich weiterhin zu sehen. Nicht mal telefonieren oder eine SMS schicken durfte sie. Sie hats trotzdem gemacht. Hat sich mit mir tagsüber, wenn er auf Arbeit war, getroffen auf unserem Sünnebänksken, wie sie es immer nannte. Am Krübbenberg, weißt du? Und später im Rosenbusch ..."

„Im Rosenbusch?"

„Ja. Mona hat mich rausgeschmissen. Sie konnte nicht mehr unter einem Dach mit mir leben. Dann hab ich mir bei einem Kumpel ein Zimmer gesucht, im Rosenbusch, den kennst du doch."

„Nö."

„Ist ja egal. Auf jeden Fall ist sie dort immer vorbeigekommen. Abends, oder frühmorgens, bevor wir in die Schule sind, ist bis spätnachts geblieben, wenn er auswärts übernachtete. Aber immer mit schlechtem Gewissen. Da hat der Kampf um sie angefangen."

„Wollte sie ihren Mann nicht verlassen?"

Nick happt mit weichen Bissen das Sandwich weg, kaut und meint dann: „Von ihrer Ehe muss ich dir mal in Ruhe erzählen, Matthew. Das ist eine Geschichte für sich."

„Aber wenns da so furchtbar war, warum wollte sie dann nicht weg?"

„Wegen dem Chef."

„Nee, näch?"

„Doch. Was der Chef zusammengefügt hat und so. Erst allmählich hab ich rausgekriegt, dass in ihrer Gemeinde Scheidung die schlimmste Sünde von allen ist. Da verliert man sein Heil. Da ist man nicht mehr dabei bei den Seligen. Deshalb muss so eine Ehe um jeden Preis erhalten werden."

„Ach du Scheiße!"

„Der Chef hat sie für dieses Leben hier mit ihrem Mann zusammengestellt, und so muss es bleiben. Das hat sie mir von Anfang an gesagt: dass sie nicht von ihrem Mann weggehen kann."

„Ja, was wollte sie denn dann von dir? Wenn ihr klar war, dass sie nicht mit dir ein neues Leben anfangen würde?"

„Ehrlich gesagt, Matthew, das hab ich nie richtig verstanden."

„Offensichtlich. Denn wenn du das von Anfang an gewusst hättest, hättest du dich nie mit ihr eingelassen, oder?"

„Wahrscheinlich nicht. Für mich war es vom ersten Augenblick an klar, dass ich mit ihr leben wollte. Dass es nicht bei den heimlichen Treffen bleiben sollte. Ich wollte sie heiraten, mit ihr ein neues Leben anfangen.

Weißt du, wenn wir zusammen waren, war da so eine tiefe Nähe zwischen uns, als würden wir uns schon seit Jahren kennen. Wir fühlten uns so vertraut miteinander, ich dachte, das kann unmöglich täuschen, dieses Gefühl. Deshalb hab ich immer angenommen, dass sie das Gleiche will wie ich."

„Gefühle können immer täuschen", sage ich lässig und nehme mir ein zweites Sandwich. „So schön solche Gefühle auch sein mögen: Sie reichen nicht aus, eine Liebe zu begründen. Da muss noch etwas hinzukommen."

„Und was?"

„Der Wille zueinander."

„Den hatten wir ja. Sie hat immer gesagt, dass ich ihr Herzensprinz sei. Der fürs Herz. Der, den sie sich immer gewünscht hat."

„Der fürs Herz? Aha. Und wer ist dann der fürs wirkliche Leben? Für den Alltag?"

„Ihr Mann. Da ist sie ja schon vergeben."

„Was ist denn das für ein verquastes Schauerstück? Einer fürs Herz und einer für die Ehe?"

„Ja. Sie hat gesagt, erst die Liebe zu mir gibt ihr die Kraft, um bei ihrem Mann zu bleiben."

„Ach, und es ist also Gottes Wille, dass sie Ehebruch begeht und eine platonische Liebe braucht, um es in ihrer Ehe auszuhalten? Das ist die abgefeimteste Heuchelei, die ich je gehört habe!"

„Du regst dich schon wieder auf", sagt Nick und grinst.

„Muss ich ja wohl! Was ist denn das für ein Gottesbild?"

„Sie hat immer gesagt, ihre wahre Liebe sei ich. Das sei die echte, die reine Liebe, gerade weil sie nicht zur Scheidung führt. Weil sie alles überdauert und keine Bedingungen braucht. Weil sie so abgeschottet ist von allem."

„Wie im Dornröschenturm", sage ich und blase mit vollen Backen Krümel ins Wasser. „Habt ihr denn miteinander geschlafen?"

„Erst ganz am Ende, als sich der Abschied so lang hingezogen hat. Anfangs sind wir noch nicht einmal weiter als bis zum Hosenbund gekommen. Klar wollte ich mit ihr schlafen, aber weißt du, die bloße Berührung ihrer Finger auf meinem Rücken hat mir schon gereicht, mir zitterten die Knie, mir klopfte das Herz bis zum Hals – Sex wäre nicht auszuhalten gewesen!"

„Mann, ihr seid so zwei Exemplare", sage ich. „Das erinnert mich fatal an einen Film, den ich mal gesehen habe. Mit Clint Eastwood und Meryl Streep. Irgendwas mit Brücken."

„Kenn ich nicht."

„Da verlieben sich zwei ineinander, die Frau ist allein zuhaus, Mann und Kinder sind ein paar Tage unterwegs, und das wächst so zwischen ihnen heran, unmerklich, und dann steht das Gleiche plötzlich im Raum wie bei dir und Rose: Der Andere ist das immer erhoffte Glück. Gerne würde sie mit ihm leben, für immer, aber sie kann ihre Ehe und das Zuhause nicht aufgeben. Sie will es nicht. Warum genau, wird nicht klar. Da steht dann der gewagte Entwurf eines rebellischen Glücks gegen die Gebundenheit an das, was nun eben da ist. Sie will die Welt sehen und hat einen Sinn fürs Schöne, und der Typ, Fotograf, er soll die Brücken dort ablichten für einen Bildband, der bringt die Welt und das Schöne in ihr Leben. Auch die beiden haben das Gefühl, endlich von jemandem verstanden zu werden. Aber das ist es doch immer, Nick", sage ich leidenschaftlich, „darum geht's doch immer. Das ist der Köder. Und dann lässt sie ihn wegfahren und bleibt, bis Mann und Kinder zurückkommen. Sie sieht ihn im Regen in seinem Auto an der Ampel stehen, sitzt bei ihrem Mann im Wagen, und man sieht, wie sie zweimal, dreimal nach dem Türhebel greift. Jetzt noch aussteigen, denkt man. Letzte Chance. Aber sie drückt den Hebel nicht herunter. Sie bleibt sitzen und fängt an zu heulen. Der Mann ahnt nichts. Er ahnt nicht, dass ihr dieses kurze Glück, dieser Traum, diese unerfüllbare Hoffnung die Kraft gibt, das öde Leben im Mittelwesten auszuhalten. Ist das nicht verrückt? Soll einer die Weiber verstehen, hab ich zuerst gedacht. Was ist das für eine Hoffnung, die nichts mehr erwartet? Dornröschen, das die Rosen selber züchtet. Ein Schatzkästchen, in dem dieses andere Leben begraben wird, damit es an besonders trüben Abenden hervorgeholt und aufgemacht werden kann, damit es Trost spendet und Kraft gibt. Abgewetzte, verklärte Erinnerungen ein Leben lang. Das ist ja wohl der größte Selbstbetrug, den man sich denken kann. Das soll wohl auch noch heroisch sein.

Siehst du, jetzt reg ich mich schon wieder auf!"

„Mensch, Matthew", sagt Nick begütigend.

„Oder siehst du das anders?"

„Ich weiß nicht, wie ich das sehen soll. Irgendwann hat es nur noch wehgetan. Wenn sie mich wirklich liebt, hab ich gedacht, dann würde sie ihren Mann verlassen. Das hab ich ihr auch gesagt, aber sie konnte nicht verstehen, dass ich an ihrer Liebe zweifle. Ich glaub, sie hat mich wirklich geliebt ...", sagt er verwundert.

„Klar hat sie das. Das ist es ja: Sie liebt dich mehr als ihren Mann und alles, und gerade deshalb wird sie ihn nicht verlassen. Wer soll da durchblicken?"

„Sie hat mir einen Haufen SMS geschickt, richtig poetische. Der Schmerz unserer Trennung bekräftigt die Tiefe unserer Liebe oder so ähnlich. Dreihundertvierzehn SMS, ich hab sie gezählt."

„Ich habe die starke Vermutung, das mit deiner Rose ist wieder so ein abgefeimtes Frauending, von dem wir Männer keine Ahnung haben. Wir sind da simpler gestrickt, oder nüchterner. Mensch, sei froh, dass du diese Frau los bist!"

„Aber ich liebe sie immer noch. Sie ist die Frau meines Lebens."

Ich schlage mir die Hand vor die Stirn. „Hör auf, Nick!", sage ich. „Das ist ja nicht auszuhalten."

Er zuckt die Schultern.

Den hats voll erwischt, denke ich. „Willst du noch ein Sandwich?"

„Nee. Ich ess nicht viel zur Zeit. Eins reicht mir."

Ich zünde mir eine Verdauungszigarette an und blase den Rauch wie eine Fahne über den Fluss.

Erst jetzt merke ich, wie gut mir der Ort tut. Er hat etwas Festes und zugleich Unbestimmtes. Eine heimelige Offenheit. Guter Ort. Allmählich wird mir klar, was für eine außergewöhnliche Situation das ist.

Die paar Stunden, die wir jetzt zusammen sind, Nick und ich, haben mich völlig vergessen lassen, was hinter mir und was vor mir liegt. Es ist, als wären wir nicht sieben Jahre getrennt gewesen. Es ist, wie es immer war. Und doch ist das hier völlig absonderlich, so außer der Reihe, dass alles möglich scheint.

Noch während wir sitzen, hat sich der Himmel zugezogen und entlässt den nebelartigen Nieselregen, den die Iren *drizzle* nennen. Er macht einen nasser als ein Wolkenbruch und dringt durch alle Klamotten.

Nick scheint das nicht viel auszumachen, er bleibt seelenruhig sitzen. Mir wird's zu ungemütlich.

„Gehen wir zurück?"

„Einen Wasserfall solls hier auch geben", sagt er gedankenverloren.

„Wir können ja mal um die Seen wandern", schlage ich vor. „In die Berge. Wenn das Wetter besser wird."

„In Irland sagt man: If you don't like the weather, wait five minutes", meint Nick.

Wir gehen zurück. Schweigend. Im Schweigen verstehe ich das, was er gesagt hat, besser. Es klingt alles nach, der ganze Tag, und wenn ich so neben ihm gehe und ihn anschaue, sein Gesicht, härter, abgezehrter als früher, seine Stoppeln, die er jetzt unter einer Baseballmütze verborgen hat, dann bin ich ihm näher als vorhin beim Gespräch.

Wir sind Freunde.

Was heißt das? Wenn wir nicht Freunde wären, wären wir nicht hier. Ich erinnere mich, wie er damals zum Glauben gekommen ist. Wir kannten uns aus dem Musikdepot in Lübeck, wo er jobbte, und nach einem Jahr sah ich ihn wieder, auf dem Lübecker Bahnhof, von Weitem. Drei Sekunden hatte ich Zeit, mich zu entscheiden. Dann wäre er durch die Tür im Freien gewesen und ich hätte ihn nicht mehr gefunden. Drei Sekunden, um ihn anzurufen, quer durch die Halle, oder ihn laufenzulassen. Ein Schicksalsmoment, denke sogar ich heute. Ein Wendepunkt in seinem Leben.

Dann haben wir uns bei ihm verabredet, er hat da schon mit Mona zusammengelebt, und als ich zu früh da war und vor der Tür wartete, las ich in der Bibel. Packte sie weg, als er mit Mona dann kam, aber er hat es gesehen und mich mit untrüglichem Instinkt darauf angesprochen. Was das denn für ein Gott sei, der sein auserwähltes Volk dem Holocaust ausliefern würde? Wenn ich die Wahrheit sagen würde, warum sei dann so wenig Liebe bei mir zu spüren? Er hatte seine Baghwan-Zeit hinter sich und wollte mir Reiki-Steine auflegen. So kamen wir in Kontakt. Bis er eines Tages am Telefon sagte: Du, Matthew, ich glaube, Jesus hat recht.

Wir sind Freunde. Was für Freunde? Sind wir auf Augenhöhe? Ziehen sich unsere Gegensätze an oder vereint uns das Gemeinsame? Was ich ihm zu geben habe, scheint klar. Was hat er mir zu geben? Ein ganz anderes Leben? Die große Liebe und das Alte in Scherben hauen, Jamaica und Irland und der

Traum vom erfüllten Leben? Das ist, glaube ich, nichts für mich.

Wenn, dann passiert bei mir das in der Stille. Bis es soweit ist und ich ausbreche, unaufhaltsam. Aber es gibt nichts, aus dem ich ausbrechen wollte. Oder?

Das mit Nadine war kein Ausbruch. Das war eine Faszination, ein neuer Mensch, der sich für mich interessierte, wie es Gisela nicht mehr konnte. Ich ließ mir ihre Geschichte erzählen, ich hatte um ihre Email-Adresse gebeten, als Gisela und ich im Café Alex in Pasing saßen und Cocktails tranken, und sie hat sie mir gegeben. Schriftsteller und so, Interesse an Menschen. Ihre Geschichte hat mich fasziniert. Dann mochte ich ihren Duft, ein junger, mädchenhafter Duft. Das war kein Ehebruch. Deshalb habe ich es Gisela nie erzählt.

Im River House ist Nick still. Er setzt sich aufs Sofa und nimmt die Gitarre. Zupft ein paar Melodien.

„Ich mach Feuer", sage ich. Weniger wegen der Kälte als wegen der Stimmung.

Im Kamin baue ich vier Torfbriketts aufeinander und zünde mit einem Fidibus an. Es brennt nicht richtig, sondern glimmt vor sich hin.

Und da ist er wieder: der Geruch Irlands.

Wer das einmal gerochen hat, erkennt es überall wieder. Auch draußen in den Straßen, wenn in den Häusern geheizt wird. Beschreiben lässt sich das nicht.

Nick hebt den Kopf und lächelt zufrieden.

„Móna", sagt er.

„Was?"

„Irisch für Torf."

„Blöder Zufall, oder?"

Er zuckt die Schultern, lächelt wieder. „Ich habs immer als Zeichen genommen."

„Alter Augure!"

„Und als ich ausgezogen bin und im Rosenbusch gelandet, hab ich gedacht: Ausgerechnet!"

„Was heißt hier ausgerechnet?"

„Im Ernst: Glaubst du an Zeichen?"

„Ich glaube, dass sich uns der Weg unter den Füßen auftut. Ich glaube, dass wir ständig selber den Sinn machen."

„Du meinst, es wäre alles subjektiv?"

„Es gibt bei dem, was uns passiert, nicht die eine Wahrheit, die wir dann nur entziffern müssten. Es kommt darauf an, was wir daraus machen. Sinnmöglichkeiten gibt es viele."

„Kannst du das nochmal sagen? Das muss ich mir aufschreiben." Er legt die Gitarre weg und sucht nach Schreibzeug.

„Bist du bescheuert?", sage ich. „Nicht aufschreiben! Selber entdecken!"

„Weißt du, Matthew, dass du der schlauste Kerl bist, den ich je getroffen habe?"

„Dann hast du die falschen Leute um dich gehabt."

„Das hast du schon mal gesagt."

„Isso! Da kämpft man sein Leben lang mit Depressionen und schlechtem Gewissen herum und denkt, man ist ein totaler Versager, und am Ende lags einfach daran, dass man mit den falschen Leuten zusammen war."

„Wenn das so einfach wäre."

„Machen wir uns einen Tee", sage ich und wills gemütlich haben. Einen dampfenden Becher in der Hand, Nick mit seiner Gitarre und das Knistern der Torfbriketts im Kamin.

„Wir müssen noch viel beschnacken", sagt Nick nachdenklich und schnappt sich wieder seine Gitarre.

„Als Gott die Zeit schuf", bin ich mal mit einem irischen Spruch dran, „machte er genug davon."

Im Schrank sind Kaffeebecher, Mugs mit dicken Wänden und Schnullergriff, lustige Sprüche drauf und Folklore. Ich nehme einen weißen mit einem grünen Kleeblatt und für Nick einen keltisch verzierten mit einem Segensspruch. Eine Blechkanne ist da, ich setze Wasser im Wasserkocher auf und breche einen der Teekartons an.

Das duftet aus der Packung. Würzig und nach alten Teespeichern und stärkend wie Balsam. Als der Tee gezogen hat, knautsche ich den Teebeutel in die Spüle und gieße ein. Beruhigendes Geräusch.

„Nimmst du Zucker?"

„Klar."

Ich reiche ihm den Becher. Er sitzt jetzt im Sessel und hat die Gitarre im Schoß. Der erste Schluck, schlürfend.

„Das tut gut."

Ich lehne mich im Sofa zurück. Über den Rand unserer Mugs schauen wir einander an.

„Du hast mir gefehlt", sagt er.

Ich sage nichts.

Er spielt einen Blues an.

„Leg doch mal los", sage ich. „Ein Blues wär jetzt nicht schlecht."

„Lost love, lost home. Das passt."

„Lass uns doch einen machen", sage ich.

„Einen River House Blues."

„Oder einen Mönkhagen-Blues: *Ich friere im Nebel und der Bus ist zu spät; wenn ich heimkomm, hat niemand mich lieb.*"

„*Die Straßen sind fremd, und die Wohnung ist leer; ich geh schwer mit dem Blues im Genick.*"

„Wow, das groovt!" Ich schnippe den Rhythmus.

Wir albern ein bisschen herum, er improvisiert, wir machen den Headbanger und grölen rauchige Yeahs, bis er plötzlich innehält.

„Wie wärs mit Mozart?", sagt er.

„Mozart?"

„Auf CD. Hab meinen Gettoblaster dabei. Den hab ich mir in Jamaica besorgt. Meine Anlage hat Mona wohl inzwischen verramscht."

„Krass."

Er steht auf und kramt das Gerät aus dem Rucksack. Ein paar CDs hat er auch dabei.

„Deine Sammlung ist futsch?"

„Nee, die hab ich eingelagert bei einem Bekannten. Werd sie mir mal schicken lassen, wenn ich in Irland angekommen bin." Er steckt das Gerät ein, Adapter hat er dabei. Legt eine CD ein.

„Was willst du in Irland eigentlich machen?"

„Mozart", sagt er und hebt den Zeigefinger an die Lippen. „Einundzwanzigstes Klavierkonzert."

„Steh mehr auf Bach, ehrlich gesagt."

„Pass auf, Matthew, das ist die schönste Musik der Welt! Sie hat eine Leichtigkeit und eine Anmut – das treibt mir jedesmal die Tränen in die Augen."

Die ersten Takte sind zu hören.

Nick ist einer, der sich gern mit schönen Dingen umgibt. Obwohl er meist kein Geld dafür hat. Seine Plattensammlung, aber auch die handbemalte Bodhran aus Irland, die in seinem Zimmer an der Wand hing, in Mönkhagen, oder die Aquarelldrucke von unbekannten Malern, die er auf Kunstmärkten und an Straßenständen aufstöberte. Ein Prachtband über das Book of Kells. Dicke Lederjacken mit Fellkragen. Duftenden Bienenwachskerzen, armdick. Bücher, Musik. Dafür gibt er Geld aus, auch wenn er keins hat.

„Jetzt hör mal", sagt er. „Hörst du das? Wie die Streicher mit den Bläsern kommunizieren, und alle beide mit dem Piano. Wie die sich abwechseln, gegenseitig ihre Motive kontrastieren. Ein richtiger Dialog. Und achte auf die Intervalle."

„Weißt du, was *mir* die Tränen in die Augen treibt?", frage ich.

Ich weiß nicht, ob er mir zuhört. Egal.

„Albinonis *Adagio*", fahre ich fort. „Und Garbareks *Officium*. Das sind für mich die sakralsten Stücke, die ich kenne. Da geht ein Fenster auf in eine andere Welt. Das vernichtet, das schleift mich ab bis auf die Grundmauern."

Er nickt und horcht auf Mozart. Ich spüre die Leichtigkeit und die Unbeschwertheit in der Musik, ich spüre, wie sie auf Nick wirkt. Er lauscht nicht andächtig, sondern rückt auf seinem Sessel hin und her, zeigt mit erhobenen Finger die Höhepunkte an.

„Ganz andere Musik", schwärmt er. „Hab früher ja viel Beethoven gehört. Aber das hier ist völlig anders. Ätherisch. Das schwebt davon. Das ist nicht mehr von dieser Welt."

Ich höre schweigend zu und merke, wie mich die Musik eintreten lässt und mitnimmt. Ich fühle den Trost und die Grazie darin. Das erhebt die Seele

Nach dem Allegro sage ich leise: „Bei Bach geht's mir auch so. Die Violinkadenzen in den Konzerten, tausendeinundachtzig und zweiundachtzig – "

„Das ist Kunst. Das ist Schönheit."

„Was wär das Leben ohne Kunst?"

„Das ist auch eine Art Liebe."

Nach Mozart legt er Bruce Springsteen ein und dreht leiser. Zwei von den Torfbriketts sind zusammengefallen zu einem Haufen Asche. Ich knie mich davor, zerreibe die Asche zwischen den Fingerspitzen. Sie ist sandbraun, fühlt sich weich und fast kremig an, als wäre sie feucht, obwohl sie pudertrocken ist.

„Hast du noch Hunger? Sollen wir was kochen?", frage ich.

„Nee, das reicht mir. Du?"

„Mir auch. Morgen machen wir Penne all' Arrabbiata. Hab dafür eingekauft"

Der Tee ist alle. Nick macht neuen.

Er stellt die frisch gefüllte Kanne auf den Tisch und eine Untertasse mit Hobnobs daneben. Schiebt sich einen in den Mund und lässt sich wieder in den Sessel fallen. Über der Lehne hängt seine Jacke. Erst jetzt erkenne ich, dass sie mit lauter Buttons besteckt ist. Ich schaue sie mir genauer an.

„Du sammelst die Dinger, was?"

„Schon früh damit angefangen", sagt er und wippt mit dem Fuß im Takt zur Musik. „Das hier", sagt er und deutet auf einen Queen-Anstecker, „war mein erster. Da war ich fünfzehn."

„Und der Marley da?"

„Irgendwann ist der Sommer zu meiner Lieblingsjahreszeit geworden. Früher war es der Herbst. Reggae ist Sommer. Ich mag am Reggae die Lockerheit, die Leichtigkeit. Das Gegenteil vom Blues."

„Und Marley?"

„Marley ist ein Visionär. Ein sehr spiritueller Mensch, das gefällt mir."

„Die Jacke ist also sozusagen ein Logbuch."

„Sláinte", sagt er und hebt den dampfenden Mug.

„Sláinte!", sage ich und nehme einen Schluck.

Ich setze mich wieder aufs Sofa.

„Du hast einen Traum, Nick", sage ich.

„Hat das nicht jeder?"

„Viele haben Wünsche. Aber einen Traum hat nicht jeder."

„Du meinst sowas wie *I have a dream.*"

„Wahrscheinlich ist es immer der gleiche. Der Traum von einem Leben in Freiheit und Glück. In einer Welt, in der die Menschen in Frieden miteinander leben. Eine Welt, in der es die große Liebe gibt. Das ist es, was dich antreibt."

„Das war wohl fünfzehn Jahre verschüttet", sagt er ernst.

„Warum?"

„In der Ehe mit Mona."

„Weißt du ... was ich über die falschen Leute gesagt habe, mit denen man zusammen ist ..."

„Ja?"

„Ich glaube manchmal, das gilt auch für mich. Vielleicht bin ich mittlerweile auch mit den falschen Leuten zusammen. Mit Verlegern und Agenten und

Schriftstellerkollegen ..."

„Aber dein Publikum!", sagt er leidenschaftlich. „Das ist es doch, was zählt. Deine Leser!"

„Die sehe ich höchstens mal auf Lesungen. Nein, ich glaub, ich sollte mehr mit Leuten wie dir zusammen sein. Damit nicht alles so erstarrt und eingefahren wird. Damit ich den Horizont wieder sehe."

Springsteen ist zuende. Draußen ist es dunkel geworden und der Drizzle in einen Dauerregen übergegangen. Es klopft sacht an die Scheiben und läuft in silbernen Bahnen ab.

„Wird Zeit", sagt Nick.

Ich bin noch nicht müde.

„Schlaf gut", sage ich. „Ich komm nach. Aber ich muss dich warnen: Ich säge nachts ganze Wälder um."

„Kein Problem. Wenn ich aufwache, verzieh ich mich hier aufs Sofa. Gutnacht."

Er lässt die Tür offen.

Lange sitze ich und denke nach. Heute Morgen kam ich aus dem Hotel und hatte meinen Rückflug vor mir. Und jetzt sitze ich in den Wicklows und stecke bis zum Hals in einer fremden Liebesgeschichte.

Was hat das alles mit mir zu tun? Ist das meine berufsbedingte Lust an Geschichten? Ist es ein Freundschaftsdienst? Oder waltet da unerkannt ein Gott, wie Hölderlin das ausdrücken würde?

Fragen, Fragen.

Ich schaue zu, wie das Torffeuer zusammenfällt. Ich nehme mir vor, morgen Gisela eine Mail zu schreiben. Den Klapprechner habe ich im Trolley.

Zweiter Tag

Nick ist früh wach. Ich habe auf dem Sofa geschlafen, weil ich ihm mein Geschnarche nicht antun wollte.

Er macht Tee, es riecht nach Toast. Als ich den Kopf hebe, ist er dabei, eine Scheibe fingerdick mit Nutella zu bestreichen.

„Morgen schlaf *ich* aber auf dem Sofa", sagt er.

„Guten Morgen", sage ich verschlafen.

Vom Gettoblaster näselt Dylan. Gitarrengeschrammel.

„Was läuft da?"

„*World gone wrong*", sagt er und beißt krachend in seinen Toast.

„Wie wahr", sage ich und krümle mich aus dem Schottenplaid. „Hast du gut geschlafen?"

„War okay. Mittlerweile schlaf ich wieder besser. Damals, mit Rose, war das furchtbar. Da hab ich kaum zwei Stunden geschlafen. Bin manchmal aus einem Traum hochgeschreckt, stundenlang wachgelegen und hab darüber gegrübelt, warum sie auf meine SMS nicht geantwortet hat."

„Verlustangst", sage ich und kratze mich ausgiebig unter den Achseln.

„Nach drei Arbeitstagen war ich vollkommen fertig. Musste mich krank melden. Wir haben ja an der gleichen Schule gearbeitet."

„Was noch gleich?"

„Nachmittagsbetreuung. In diesem Sommer hatten wir eine Gruppe zusammen. Das war klasse. Wir haben uns blind verstanden. Später hatte ich eine andere Gruppe, lauter Kleine, die Heimweh hatten und einen Spielonkel brauchten. Das war nicht so mein Ding."

Ich schlüpfe in die welke Jeans von gestern und schnüffle an meinem Hemd. Geht noch.

„Ich fieberte der Schule entgegen. Da würde ich sie sehen. Aber ich hatte jedesmal Bauchweh vor Angst. Wie weit durfte ich heute gehen? Weißt du, als es rausgekommen war, hat sie immer wieder Grenzen gezogen. Mal so, mal so. Hat sie meist selber übertreten und hinterher alles zurückgenommen. Dann war wieder Schluss für eine Woche. Nicht mal einen Kuss durfte ich ihr dann geben. Weil sie das in Versuchung führte ..."

„Lass mich erst mal wachwerden, Nick", sage ich lachend.

„Tschuldige."

Am Tisch gieße ich mir einen Becher Tee ein. Sauge den Duft ein. Der erste Schluck ist brühend heiß.

Wir sitzen und schauen aus dem großen Fenster. Die Brücke im Regendunst. Wir fragen nicht, was wir heute machen werden. Wir lassen es kommen. Es gibt eine Menge Geschichten zu erzählen.

„Verlustangst", sage ich noch mal. „Das hab ich ernst gemeint."

„Na klar Verlustangst!"

„Ich meine das als psychologisches Muster."

„Wie jetzt?"

„Unsichere Bindung. Es gibt Bindungstypen bei Kindern. Wie sie von früh auf Beziehungen erlebt haben. Das wirkt beim Erwachsenen nach. Viele können Beziehungen nur nach dem frühkindlichen Muster eingehen. Fallen immer wieder auf das Gleiche herein."

„Versteh ich jetzt nicht", meint er und verknuspert den Rest seines Toast. Hat schon einen neuen zwischen die Röststäbe gesteckt.

„Egal", sage ich und winke ab. „Ist wahrscheinlich noch zu früh am Tag für Psychologie."

Ich schlürfe meinen Tee und nehme mir auch einen Toast. Er ist noch warm, die Butter zerläuft und dringt in die Brotporen. Ein goldgelber Schimmer.

„Wie viel Uhr ist es eigentlich?"

„Kurz nach acht."

Verlustangst, denke ich. Das mit seiner Schwester hat er mir mal erzählt. Was sie ihm bedeutet hat. Und dass sie bei einem Autounfall ums Leben gekommen ist. Das hat er nie verstanden. Ich erinnere mich.

Ohne seine Schwester hätte er seine Kindheit mit dem ständig besoffenen Vater nicht durchgestanden. Das weiß er heute. Das wusste er damals. Nach dem Zivildienst hing er noch zu Hause rum und wusste nicht wie weiter. Er dichtete ihr einen Song zum Geburtstag. Dann fuhr er mit dem Moped von ihr nach Hause, die Gitarre quer über der Schulter, und als er am nächsten Tag gegen Mittag aufwachte, war seine Schwester tot.

Sie waren zu zweit am Abend noch einmal losgefahren, wer weiß wohin. Sanne saß am Steuer, weil ihr Mann zu besoffen war. Wie es genau passierte, wollte Nick gar nicht wissen. Zuerst glaubte er es nicht, konnte es sich nicht vorstellen: Sanne – nicht mehr da. Weg. Fort. Unerreichbar für immer.

Nach der Beerdigung schloss er sich für ein halbes Jahr in seinem Zimmer ein. Hatte die Rollläden herabgelassen, hockte im Halbdunkel und hörte tagein tagaus das Adagio der Mondscheinsonate von Beethoven. Immer wieder von vorn. Er kam nur zum Essen und Pinkeln heraus. Was er da drin machte, wusste keiner. Er war nicht die ganze Zeit am Heulen, das nicht. Aber er grübelte. Er wollte von der Welt nichts mehr wissen. Er war wütend. Er war fassungslos. Wenn damals schon Gott in seinen Gedanken auftauchte, dann als ohnmächtiger Vorwurf: Warum hast du mir meine Schwester genommen? Den einzigen Menschen, den ich hatte?

Der Vater klopfte gegen die Tür, die Mutter wollte rein zum Saubermachen, aber er hörte weg. Anfangs schimpften sie, dann machten sie sich Sorgen, dann ließen sie ihn in Ruhe.

Eines Tages zog er die Rollläden hoch, packte seinen Rucksack und ging auf Reisen.

Da begann die wilde Zeit mit Luka.

Wir sitzen und trinken Tee. Dylan singt und singt. Draußen ist es grau, aber noch trocken.

Eigentlich könnten wir den ganzen Tag so sitzen. Wir haben ein Haus, das den Regen abhält. Wir haben Tee und Musik. Wir haben bequeme Sessel und einen Kamin, den wir mit Torf heizen können. Was will man mehr in Irland?

„Du hast da gestern was angedeutet", fängt Nick an. „Irgendwas mit Agape und Eros. Was hast du damit gemeint?"

„Oh je", sage ich und würde es gern mit Churchill halten: Was geht mich mein Geschwätz von gestern an? Ich habe keinen Plan für diese fremde Liebesgeschichte. Ich improvisiere. Ich schwatze drauflos, was mir in den Sinn kommt. Mich selbst muss ich raushalten. Agape und Eros – ach du grüne Neune!

„Ich glaub", sage ich bedächtig, „ich habe den Unterschied zwischen rein menschlicher Liebe und göttlicher Liebe gemeint."

„Bei Rose und mir?"

„Mehr so allgemein. Weißt du, was wir so Liebe nennen, ist meistens bloß Bedürftigkeit. Wir brauchen einen anderen Menschen, weil er bestimmte Bedürfnisse befriedigt. Oder manchmal bloß eins, das wichtigste. Das kann Anerkennung, Geborgenheit, Sex oder was weiß ich sein. Das nennen wir Liebe, aber eigentlich ist es ein Ego-Trip ..."

„Warum sagst du das?" Nickt schaut erschrocken.

„Was?"

„Ego-Trip. Das hat mir Mona immer vorgeworfen. Vor der Scheidung, wahrscheinlich heute noch. Aber auch die Jahre davor: Immer sei ich bloß auf einem Ego-Trip und würde knallhart mein eigenes Ding durchziehen. Glaubst du das auch?"

„Quatsch! Du bist ein bisschen egozentrisch, aber das bin ich auch. So sind Künstler. Aber egoistisch bist du bloß aus Reflex. Weil du nicht anders kannst. Weil du Angst hast. Ein Egoist aus Überzeugung und Selbstherrlichkeit bist du ganz sicher nicht."

„Du meinst also, das mit Rose war ein Ego-Trip?"

„Langsam", sage ich und hebe die Hand. „Diese Art der Liebe, das Verlangen nacheinander, ist rein menschlich. Das ist weder gut noch schlecht. Sie kann gelingen oder schiefgehen, wie alles, was der Mensch tut. Sie ist, theologisch gesprochen, geschöpflich.

Die Liebe allerdings, die das Erfüllen von Bedürfnissen überschreitet, die ist göttlich. Die den Anderen schätzt und wert hält, einfach weil er so ist, wie er ist. Was Menschen wirklich auf Dauer aneinander bindet, sieht wie Gewohnheit aus, kann aber im besten Fall eine Verbundenheit sein, die nichts mit einer emotional ausgeglichenen Bilanz zu tun hat.

Aus dieser Liebe heraus opfert man sich für den Anderen. Aus dieser Liebe heraus schätzt man ihn höher als sich selbst und hat nur den Gedanken, ihm Gutes zu tun. Dann dreht sich nicht alles um den eigenen Mangel und die eigene Kränkbarkeit, sondern um das Wohl des Anderen."

„Ist das so zwischen Gisela und dir?"

„Im Großen und Ganzen schon." Das klingt jetzt ein bisschen selbstzufrieden, aber ich gebe mich überzeugt.

„Und woher weiß man, ob es das Eine oder das Andere ist?"

„Keine Ahnung. Schwierig zu unterscheiden. Ich denke, Freiheit gehört dazu. Wenn ich die Freiheit habe, den Anderen sein zu lassen, was er ist, wenn ich sogar die Freiheit habe, ihn um seinetwillen loszulassen, dann hab ich meinen Ego-Trip überwunden."

„Rose hat sich ja geopfert", meint er und

schnupft vor sich hin. „So sieht sie das. Um der reinen Liebe willen bleibt sie mit ihrem Mann zusammen."

„Ein Opfer aus Liebe und aus Wahn liegen nah beieinander", sage ich schmallippig. Irgendwie kein gutes Thema. Ich habe genügend Frauen kennengelernt, die sich für ihren Mann aufgeopfert haben. Selbstaufgabe mit ethischem Gewinn, denn sie waren ja das freiwillige Opfer. In Wirklichkeit hat das mehr mit Selbstbestrafung und Flucht vor Verantwortung zu tun. Solange diese Bedürfnisse befriedigt werden, kann das endlos gehen. Und das größte Bedürfnis ist dabei der Stolz und das Selbstwertgefühl, das so eine Frau aus ihrer Opferrolle zieht. Das hat mit Agape nichts zu tun, finde ich.

„Du glaubst also nicht an die große Liebe?"

„Ich halte sie für einen Selbstbetrug. Oder für psychologisch bedingt. Die heftigen und tiefen Gefühle sind keine Garantie dafür, dass hier so etwas wie Wahrheit geschieht. Das hat mehr mit Affekthaushalt und Beziehungsmustern zu tun. Da kann sich der Mensch eine Menge zusammenzaubern. Mystifizierung.

Versteh mich nicht falsch: Daraus kann noch was werden. Keine Frage. Aber aus Leidenschaft und Begehren muss Liebe werden. Das ist eine ganz andere Sache."

„Du hast sowas noch nie erlebt, oder?"

„Was meinst du?"

„Die große Liebe."

„Ich kann mir vorstellen, was du empfunden hast. Literarische Vorbilder dafür gibt es massig. Vor allem bei den Romantikern. Liebe als Wahnsinn. Oft wird das ja auch verherrlicht nach dem Motto: Je rasender, desto echter die Liebe. Die Liebe, die per Passion und Selbstverachtung alle Hindernisse überwindet."

„Findest du das nicht?", fragt Nick betroffen. Er schnupft und schnupft. „Dass Liebe alle Hindernisse überwindet?"

„Von Liebe ist hier doch gar nicht die Rede. Das ist bloße Leidenschaft. Ichverklärung. Verliebtsein in die eigenen Gefühle. Das überwindet natürlich alle Hindernisse, bis zur Selbstzerstörung. Wahrscheinlich ist das alles eher Todessehnsucht als Liebe. Sich im anderen auflösen und mit ihm untergehen und so."

„He, das ist aber starker Tobak, den du da ablässt."

„Ich spreche allgemein, Nick. Ob das auf euch zutrifft, weiß ich nicht. Aber manchmal, wenn du mir so von ihr vorschwärmst und wenn ich von ihrer Märchenturm-Abgehobenheit höre, dann kommt mir schon der Verdacht."

Diese Art Leidenschaft kann ich nicht nachvollziehen. Wie gesagt: Das mit Nadine war etwas anderes. Wieso fällt mir das schon wieder ein? Das war keine romantische Raserei. Ich hatte mich gut im Griff. Ich wollte nur einmal die Zügel etwas schleifen lassen, das war alles.

Es ist ja nicht so, dass ich die Wucht und den Andrang von Gefühlen nicht kenne. Ich kämpfe täglich damit herum. Es gab Zeiten in meinem Leben, da haben sie mich überwältigt. Aber mittlerweile habe ich gelernt, sie nicht für so bedeutungsvoll zu halten, wie sie daherkommen. Leidenschaftlichkeit muss sein, sonst ist das Leben öde, aber man darf sie nicht übermächtig werden lassen.

„Tatsache ist", sagt Nick schließlich und gießt sich Tee nach, „dass ich mir so immer die große Liebe vorgestellt habe. Das war für mich sozusagen ein Erkennungszeichen: Wenn es mir egal ist, was ich aufgebe, um mit dem Anderen zusammen zu sein, dann ist es echte Liebe."

„Reines Pathos, Nick. Da bist du anfällig für."

„Und du meinst ernsthaft, dass das alles falsch war? Unecht?"

„Ich mein nur eines, Nick", beuge mich vor und weiß, dass ich mich auf dünnes Eis begeben habe: „Du bist da einer Vorstellung von großer Liebe, von Lebensglück aufgesessen, die du dir selbst zusammengezimmert hast. Das war kein Schicksalsmoment – das lag jahrzehntelang bereit. Es musste bloß noch die Richtige kommen, und der Zauber schnappt zu."

„Woher willst du das wissen?"

„Das weiß ich nicht. Das ist nur meine Meinung zu den Dingen. Ich kenn dich ja ein bisschen, oder?"

„Shit!" Er beißt in den Rand seines Bechers und schweigt.

Vielleicht sollte ich ihn eine Weile allein lassen.

„Ich muss eine rauchen", sage ich und verfüge mich vor die Tür. Draußen steht eine Bank an der Hauswand, leidlich trocken. Ich setze mich und drehe mir eine. Das Zigarettendrehen habe ich mir erhalten aus der Zeit damals mit Nick, als ich mit dem Studium fertig war. Das hat vierundneunzig angefangen und ging drei Jahre.

Wir machten Ausflüge auf meiner Maschine, die ich damals hatte. Hab ich immer noch. Steht abgemeldet in der Garage und rostet vor sich hin. Nick hatte den Teilzeitjob im Musikdepot in Lübeck, später kriegte er sogar eine Festanstellung. Einmal besuchten wir die Damen vom horizontalen Gewerbe in der Clemensstraße in Lübeck, nur um mal zu sehen, wie sich das ausnimmt. Wir fuhren im Sommer zum Moorteich und haben gebadet, tranken abends Tee zusammen und fachsimpelten über Musik und die Kunst.

Mona setzte sich manchmal dazu und gab ihre Meinung dazu ab, aber ich hab sie nie richtig verstanden. Das war alles immer ein wenig verschroben, und Nick musste beinah den Dolmetscher spielen. Damals ging sie noch zu den Charismatikern, und wegen ihrer Blumenkleider und der offenen Haare hielt ich sie für einen späten Hippie-Abkömmling. Das Gegenteil war sie, sagt Nick. Sie stammt aus katholischer Erziehung und nimmt die Sünde schwer, redet dauernd davon, dass sie Gott nicht genügt und was man alles nicht darf und meiden soll.

Einmal fuhren wir zu zweit übers Wochenende nach Kopenhagen, zelteten auf einem Campingplatz und bummelten abends durch die Innenstadt. Am Tivoli kamen wir vorbei, saßen in Straßencafés und genossen den hellen skandinavischen Mittsommer.

Ein paar Mal ging ich auch zu Nicks Konzerten mit, die er in Kneipen und Büchereien und Volkshochschulen gab, half ihm, das selbstgepinselte Gemälde vom Blauen Planeten aufzuhängen, hörte ihn singen mit der seltsam hohen, dünnen Stimme, sah ihn die Bodhran spielen und spürte im keltischen

Wirbel des Trommelstocks die Faszination, die Irland für ihn hatte. Das übertrug sich auf das Publikum, und später las er auch Gedichte dazu. Damals handelten einige von seinem Regenmädchen, das war Mona.

Wo ist das geblieben?, frage ich mich und qualme blau gegen das Grau des Himmels an. Ein Wagen fährt vor mit holländischem Kennzeichen. Ein Mann mit rotem Schnurrbart steigt aus und grüßt. Ein Gast.

Da muss es zwischen den beiden doch einmal etwas gegeben haben. Ich hab die beiden immer nur harmonisch erlebt. Dass Mona so eine Xanthippe sein kann, habe ich nicht gewusst.

Einmal sind wir zu dritt nach Hamburg und haben uns den Hafen angeschaut, die Schiffe, das Fernweh. Er ist ja eher Binnenländer, wie ich, aber diese Anfurtluft schmeckte eindeutig nach fernen Ländern und neuen Horizonten.

Siebenundneunzig haben sie dann geheiratet, drei Jahre vor mir und Gisela. In Irland. Sean war Trauzeuge, den kannten sie von den vier Irlandurlauben her. Unsere Gemeinde, in die wir nach Nicks Bekehrung gingen, hatte Druck gemacht. In Sünde zusammen leben und so. Das hätte uns eigentlich damals schon misstrauisch machen müssen. Aber, zu meiner Schande, ich hatte da mitgemacht. Gottes Schutz der geschlechtlichen Beziehung in der Ehe und so. Da blieb ihnen bald nichts anderes übrig. Wer weiß, wie alles gekommen wäre, wenn man die Dinge hätte sich entwickeln lassen.

Zwei Jahre später kam das Kind, das Mona unbedingt wollte, Lilly, und da wurde er Ehemann und

Familienversorger und begrub seine Irland-Träume.

Ich rauche zuende und drücke den Stummel in den Kies. Noch eine?

Ich könnte noch lange hier sitzen und dem Wetter zuschauen, wie es sich selbst vermiest. Aber ich will wissen, was Nick inzwischen macht.

Als ich reinkomme, ist er am Sandwichschmieren.

„Schon wieder?"

„Ich muss hier raus", sagt er und wuselt in der Küchenzeile herum. „Ich brauch Bewegung. Ortswechsel."

„Bei dem Wetter willst du raus?"

„Wir fahren in die Wicklow Mountains", sagt er und lacht. „Auf den Gap hinauf."

„Wind und Einsamkeit und dräuende Wolken?"

„Absolut."

Wir packen unsere Lunchpakete ins Auto und Nick seine Gitarre. Er setzt sich hinters Steuer.

„Wo solls hingehen?"

„Wir nehmen von Laragh aus die Straße am Ostrand der Wicklows entlang. Dann geht es über den Sally Gap nach Manor Kilbride im Westen. Wenn wir drüben sind, fahren wir die N 81 runter bis Hollywood, wo es auf den Wicklow Gap nach Glendalough zurück geht. Da kommen wir noch einmal über die Höhen."

„Und dann setzt du dich unter einen Ginsterbusch und holst die Gitarre heraus."

„Genau. Du hasts erfasst."

„Wie weit ist das?"

„Keine hundert Kilometer. Aber wir lassen uns

Zeit."

„Fein."

Die Wolken hängen tief, als wir losfahren. Es geht von Laragh nach Nordwesten, an den kahlen Hängen der Wicklows entlang, durch ein grünes Frühlingstal. Gehöfte, alte Steinhäuser, Mauern, malerische Kiefern.

„Fährst du gern?", frage ich.

„Tut mir manchmal gut", antwortet Nick. Er schaut umher, als fände er die Straße blind, schaut sich das Irland an, in dem er wieder gelandet ist.

„Weißt du", beginnt er nach einiger Zeit, „im Englischen heißt sich verlieben *to fall in love*. Genau das ist mir passiert: Ich bin in die Liebe gefallen. Wie in einen Abgrund. Sie hat mich verschluckt."

Wieder dieses Pathos. Aber Nick grinst dazu, das ist ihm selbst klar.

„Wir waren zusammen im Freibad, in Moisling. Da sind wir in diesem Sommer oft hingegangen. Ich hab, glaub ich, gar nicht gemerkt, dass ich mich in sie verliebte. Dass ich sie liebte. Ich war einfach gern mit ihr zusammen, schaute sie gern an, hörte ihre Stimme, schaute gern in ihre Augen. Aber als wir da vom Becken zurück zu unserem Platz gingen, so nebeneinander her, da schlüpfte plötzlich ihre Hand in meine, so leicht und selbstverständlich, so folgerichtig, verstehst du ... Ich dachte bloß: Das ist sie! Die Liebe, auf die du immer gewartet hast. Die Frau, die dich versteht und weiß, wer du bist, die dir Geborgenheit gibt, durch die alles erst einen Sinn bekommt. Weißt du, was ich meine?"

„*A shelter in the storm*", zitiere ich Dylan.

„Ja, sie hat zu mir gesagt, komm rein, ich geb dir

Zuflucht."

„Wie habt ihr euch eigentlich kennengelernt?"

„Ich war ja arbeitslos, nachdem mir Joe vom Musikdepot gekündigt hatte. Das Arbeitsamt ist mir auf die Pelle gerückt. Jedenfalls hab ich mich auf die Stelle als Nachmittagsbetreuer an dieser christlichen Schule in Lübeck beworben und bekam gleich eine Gruppe zusammen mit ihr. Das war das Erste, was wir aneinander kennenlernten: dass wir wunderbar zusammenarbeiteten. Wir hatten die gleichen Ansichten, was Erziehung betraf, wir ergänzten uns, wir verstanden uns ohne Absprache. Die Kids haben uns geliebt. Es war eine tolle Zeit."

In Gedanken versunken starrt er auf die Straße. Ich schaue in sein Gesicht. Kein seliges Lächeln, keine Bitterkeit. Einfach Erinnerung. Das ist eine Tatsache, merke ich, dass diese Frau sein Lebensglück war. Das muss ich anerkennen, sonst kommen wir nicht weiter.

„Bei der Abschlussfeier des Schuljahres kommt sie einfach auf mich zu, aus der Menge der Kollegen heraus, und lädt mich zum Eis ein. Ich stand da auch ein bisschen dumm in der Gegend herum, und als wir dann im Eiscafé in Langniendorf saßen und unsere Eisbecher löffelten, übers Land schauten und sie sich diebisch freute, die Feier Feier sein zu lassen, da fühlten wir uns wie im Urlaub. Gemeinsam.

Sie kannte das kaum. Sie hat sich das richtiggehend gestohlen. Sie war so unbeschwert und fröhlich, wie immer, wenn sie mit mir zusammen war, aber für sie war es ein neues Lebensgefühl. Später hat sie gesagt, dass das der Tag war, an dem es für sie zwischen uns begonnen hat."

„Und dann kam der Sommer ...“

„Genau. Dann kam der Sommer. Wir haben uns oft im Freibad getroffen, da war die Gefahr, jemandem aus Mönkhagen zu begegnen, gering. Aber, ehrlich gesagt, sie ist schon ein großes Risiko eingegangen. Leicht hätte uns jemand sehen können, Hand in Hand, der arbeitslose Möchtegernkünstler Minners und die Frau des rechtschaffenen Ludwig Immenhorst. Auf der einen Seite hatte sie immer wieder panische Angst, vor ihrem Mann, aber auch vor Leuten aus ihrer Gemeinde, dass uns ja niemand zusammen sah. Andererseits versteckten wir uns nicht so, wie wir es vielleicht hätten tun sollen. In Mönkhagen wussten die Leute sicher bald, was vorging. Auch an der Schule muss was durchgesickert sein. Aber wir lebten eben wie auf einer Insel.“

Wir kommen durch ein flaches Tal mit kahlen Hängen. Ein paar Häuser, am Straßenrand taucht eine nackte Felsklippe auf und ein Wasserfall.

„Wir sind in Glenmacnass“, sagt Nick und hält an. „Lass uns hier ein bisschen bleiben.“

Wir sind erst ein paar Kilometer gefahren, aber, denke ich, der Ort tut gut. Wir steigen aus und gehen hinüber zu dem Wasserlauf. Nichts Dramatisches, aber das Rauschen und Schäumen ist angenehm.

Es nieselt, wir setzen die Kapuzen unserer Regenjacken auf. Er stiefelt ein bisschen am Rand herum, will dem Wasser näher kommen, sucht seine Frische und Kraft.

Dann setzen wir uns auf einen Felsen und schauen der unermüdlichen Bewegung des Wassers zu.

Ich drehe mir eine Zigarette und rauche. Er ist jetzt am Erzählen, das ist klar.

„Wir sind auch nach Heilshoop gefahren zum Moorteich, mit den Fahrrädern. Ich sehe noch heute ihren schimmernden Körper im roten Wasser, wie ein Rubin.

Wir fanden auch bald unser Bänkchen, südlich von Langniendorf, beim Krübbenberg, vielleicht kennst du das. Unser Sünnebänksken nannte sie es. Man hat da einen herrlichen Blick über Mönkhagen und Langniendorf, über die Felder und die Wäldchen, und überall ragen die Strommasten und die Windräder heraus. Ein alter Zirkuswagen war da, der gehörte einem Jugendclub, war aber nicht abgeschlossen. Da sind wir dann oft dringesessen und haben uns geküsst, da konnte uns niemand entdecken. Richtig geborgen waren wir in unserem Versteck. Dort hat sie einmal ein Gedicht von mir versteckt, im Sockel des Bänkchens, damit sie es immer findet, wenn sie allein herkommt."

„Sie ist da auch allein hin?"

„Wenn wir uns nicht treffen konnten. Sie saß dann da und hat an mich gedacht. Hat das Gedicht gelesen. Oder eigentlich war es ja ein Lied. Ich hab ihr vierundzwanzig Lieder geschrieben, Rosenzyklus hab ich ihn genannt, sie hieß ja so ..."

„Und sie konnte dich so einfach treffen?"

„Na ja, sie hatte immer eine Heidenangst. Aber ihr Mann war ja oft weg, auch abends, manchmal sogar mit den Kindern übers Wochenende. Sie wusste schon, wann sie Zeit hatte. Trotzdem. Wir wollten so gern mal nach Hamburg, gemeinsam durch die Großstadt bummeln, uns den Tierpark anschauen und den Hafen und auf der Alster Boot fahren. Aber dafür hat die Zeit nie gereicht."

Ich nicke. Seltsam, sich so eine Liebesgeschichte anzuhören mit dem gleichzeitigen Wissen, dass sie zwei Familien zerstört hat. Wenn er so erzählt, denkt er daran nicht, das sehe ich. Oder doch? Er ist ja geschieden und hat in Jamaica seine Kinder wahrscheinlich einige Jahre nicht gesehen. Er kennt den Preis, den er gezahlt hat.

Ich würde diesen Preis nicht zahlen. Nicht für etwas, was ich nur als Vorwand für meine Auflehnung gegen Unerträgliches zur großen Liebe stilisiert hätte. Gisela ist meine große Liebe, wenn man so will. Ich brauche sie. Ich brauche die Stabilität und Verlässlichkeit, die sie in mein Leben bringt.

„Weißt du", sagt er, „ich wollte sie einfach nur im Arm halten. Dass wir uns gegenseitig Halt geben. Eine Insel gegen die Welt."

„Hast du die Welt so feindselig empfunden?"

„Immer. Seit dem Trip mit Luka damals nach Paris ist mir das so richtig bewusst geworden. Von den Menschen hast du nichts zu erwarten, dachte ich. Wenns drauf ankommt, bist du allein. Das war mein Weltbild, auch als Christ. Gerade als Christ."

„Und die Ehe mit Mona hat daran nichts geändert?"

„Mit Mona hatte ich nie diese Zweisamkeit, diese Solidarität gegen die Welt. Da wars eher so, dass ich den Kampf allein führte, weil sie das von mir erwartete. Ich sollte der Versorger sein, ich sollte mich dem Ganzen stellen. Und wenn ich das nicht konnte – manchmal konnte ich einfach nicht, das war Angst, aber das hat sie nie verstanden, sie hat mir dann immer Egoismus vorgeworfen, ich nehme mich zu wichtig und solle auch einmal an andere denken,

lauter so Zeug – nein, das musste ich allein durchkämpfen.
Bei Rose war das anders."

Es ist gut, dass das Wasser rauscht, dass es so un-
entwegt läuft. Das nimmt alles mit, was wir hier
quatschen. Es kommt ins Fließen, zerstreut sich,
fächert sich auf im strömenden Leben.

Glenmacnass ist ein beschauliches Örtchen. Ab
und zu ein Auto auf der Straße. Schafe auf den Weiden. Das Grau des Himmels wird dünner, ein Schein
kommt auf und wirft schmale Schatten.

„Wir haben auch ein Plätzchen in der Wüstenei
gefunden, kennst du das? Das Schutzgebiet östlich
von Heilshoop, war früher mal ein Manövergebiet
und ist jetzt sich selbst überlassen. Ein richtiger Pa-
radiesgarten. Obstbäume gibt es da und Blumenwie-
sen und Weidendickichte, einen Weiher auch, und
Schmetterlinge, sag ich dir, so viele und so bunte
Schmetterlinge hab ich noch nirgends gesehen!

Wir gingen durchs Gras und hockten uns hinter
die Hecken, wenn Spaziergänger kamen. Wir hatten
bald ein festes Plätzchen, wo wir ungestört waren.
Da saßen wir und haben uns im Arm gehalten, die
Zeit ist immer wie im Flug vergangen und gleichzeitig kam es uns wie eine Ewigkeit vor. Zeitlos, verstehst du? Das war unsere Insel."

„Die Wüstenei kenn ich", sage ich, um was zu sagen. „Da war ich mal."

„Manchmal haben wir uns ausgezogen, oben
rum. Ich habe ihre weiße Haut geliebt, sie war so
glatt und makellos, und Sommersprossen hatte sie

auf dem Rücken, der sah aus wie ein Sternenhimmel."

„Ach, Nick", sage ich und muss lächeln.

„So war das!", sagt er begeistert. „Und was mich völlig irre machte, das war der Schwung ihrer Lippen. Sie hat einen Mund, wie ich ihn noch bei keiner Frau gesehen habe. Keine Frau hat mich je so geküsst wie Rose. Das musst du mir glauben! Sie waren so herrlich rot, als hätte sie Kirschen gegessen, und dieser Schwung, Amorbogen nennt man das, glaub ich, ich hätte sie ständig küssen können, das war wie ein Durst, ich wurde nicht satt und sie war so *schön*, Matthew, sie war so schön ...!"

Er hängt die Hand ins kalte Wasser und krault die Strömung. Als könnte er so nachträglich den Durst löschen.

„Sie glaubte gar nicht, dass sie schön sei. Unglaublich! Das hatte ihr ihr Mann eingebleut. Sie würde nichts taugen und kein Mann würde sie auch nur anschauen, er bräuchte da gar keine Sorge zu haben. So sicher war sich der. Und sie hat das geglaubt. Sie hat überhaupt nichts von sich gehalten. Ihre Wünsche, ihre Gefühle – das war es nicht wert, überhaupt beachtet zu werden. Was sie wollte, spielte keine Rolle. Was der Chef wollte, war das Wichtigste für ihr Leben. Der Chef wollte so ein ödes, trauriges Leben mit so einer Dumpfbacke von Ehemann, der einmal in der Woche über sie rüberstieg und wieder den Beweis hatte, dass sie seine Frau war."

„Darüber hab ich mir auch Gedanken gemacht, Nick", sage ich. „Der Sinn des sechsten Gebots –"

„Warte, Matthew, lass mich das noch sagen! Wir

kommen dann gleich auf das sechste Gebot, das ist wichtig. Okay?"

„Kein Problem."

„Sie hat durch mich ihre eigene Schönheit entdeckt, und die Schönheit in der Welt. Sie hatte längst einen Sinn dafür, auch für Kunst, für Musik, für Poesie. Sie hat die Freude an kleinen Dingen wiederentdeckt, sie hat sich mit ausgebreiteten Armen in den Regen gestellt, sie hat ihr Haar im Wind flattern lassen, sie hat die Blumen in der Wiese gesehen und mir immer wieder gezeigt, und sie hat den Geschmack meiner Haut geliebt, die Wärme, die Berührungen – sie ist aufgeblüht, Matthew! Ein ganz neues Leben! Ich war ihr Märchenprinz, der ihr das alles gab. Sie hat mich wirklich geliebt. Aber", sagt er und jetzt kommt die Bitterkeit auf die Lippen, „wohl nicht genug."

„Ich denke, das kann man so nicht sagen", erwidere ich. „Sie hat dich anders geliebt als du sie. Du hattest ein anderes Ziel. Du wolltest mit ihr zusammen leben. Sie wollte dich als Märchenprinzen, der ihr eine absurde Hoffnung wachhält, die Hoffnung auf ein ganz anderes Leben, von dem sie aber bloß träumen darf."

„Was wolltest du über das sechste Gebot sagen?"

„Ja, okay. Das sechste Gebot soll die Ehe schützen. Das ist sein Sinn. Aber dieser Sinn wird fragwürdig durch die Tatsache, dass manche Ehe zwischen Menschen überhaupt nicht schützenswert ist."

„Eben. Genau das meinte ich. Und weiter?"

„Weiter bin ich noch nicht. Muss noch drüber nachdenken. Es ist natürlich klar, dass es höchst fragwürdig ist, sich als Außenstehender so ein Urteil anzumaßen."

„Aber sie hat es mir selbst erzählt. Sie hat mir selbst erzählt, wie sie leidet. Dass sie von einem anderen Leben träumt. Aber aus diesem Traum ist offensichtlich nie ein Wunsch und ein konkretes Vorhaben geworden."

Zu Rose will ich nichts mehr sagen. Ich kenne ihre Geschichte nur durch Nick. Ich müsste mir von ihr einmal erzählen lassen, wie sie die ganze Sache gesehen hat, um wirklich zu verstehen. Aber das würde ich gar nicht wollen. Frauen, die so lieben wie Rose, sind mir unheimlich. Das ist mir alles zu schicksalsträchtig und bedeutungsschwanger. Gefühle sollte man nicht mystifizieren, sondern als das gelten lassen, was sie sind: Ausdruck unserer Befindlichkeit, unserer Bedürfnisse, unserer Persönlichkeit.

Nick ist auch so ein Mystiker. Hat er zusammen mit Luka nicht mal halluzinogene Pilze gegessen? Ja, Nick ist ein Rätselgläubiger, ein Zeichendeuter, ein Gefühlsanbeter. Schicksalsmomente und Wendepunkte. Große Gesten und symbolträchtige Ereignisse. Das hat er sicher auf Gott übertragen; statt sich vernünftig und verantwortungsbewusst seinen Weg selbst zu suchen, wartet er auf Erleuchtungen und Erklärungen.

Als wir wieder einsteigen und weiterfahren, hat sich die Stimmung zwischen uns verändert. Er ist einsilbig und grübelt vor sich hin. Die ganzen Erinnerungen, denke ich. Kommt alles wieder hoch.

„Sag mal", frage ich nach einer Weile, „ist es eigentlich gut, wenn wir das alles noch einmal durchkauen?"

„Völlig", sagt er ohne nachzudenken.

Dann schweigt er wieder.

Die Landschaft wird urtümlich. Die Hänge sind immer noch kahl und werden immer kahler. Außer Farnen und Fuchsien wächst auf den Höhen nichts. Die Täler sind leere Mulden, durch die paar Bäume und Gebüsche noch leerer. Bäche laufen im Steinbett, es geht hinauf und wird einsam. Rostige Tiergatter, Findlinge, Eiszeitlandschaft. Nur das Grün der Frühlingsvegetation verhindert nordische Edda-Stimmung. Außerdem ist es mild, ich habe das Seitenfenster offen und rauche hinaus.

Nick schweigt hartnäckig. Vielleicht sollte ich ihn mit einer Frage aus der Reserve locken. Stattdessen versuche ich mich zu erinnern, wie das zwischen ihm und Mona angefangen hat. Auch das hat er mir erzählt. Ich vergesse alles, was er mir erzählt hat, wenn ich mit ihm zusammen bin. Dabei würde es vieles an ihm erklären und in einem anderen Licht erscheinen lassen. So etwa die Ehe mit Mona.

Als ich Nick kennenlernte, arbeitete er schon im Musikdepot. Er hatte was am Laufen mit der Abteilungschefin, sie hieß Agnes. Sie waren zusammengezogen und wollten heiraten. Ein Kind sollte auch bald folgen. Das Geld aus dem Musikdepot reichte nicht, und Nick suchte sich eine Stelle auf dem Bau. Ein Knochenjob. Abends kam er völlig erschossen heim und war bedient. Der Dreck überall, die schweinischen Witze, die Beleidigungen, das kannte er noch von Brinkmann her. Aber Agnes gefiel das.

Sie wollte das: Der Mann bringt das Geld nach Hause und versorgt Mutter und Kind. Auch so eine wie Mona, denke ich heute.

Nick wurde das schnell viel zu eng, er hatte keine Zeit mehr zum Gitarrespielen oder für Konzerte und verkehrte nur noch in der Motorrad-Gang, in der Agnes ihre Freunde und Freundinnen hatte. Hing mit denen im Clubheim rum, rauchte Gras, schaute den Prolls beim Biersaufen zu, ließ die Witze über ihn und Agnes über sich ergehen.

Dort lernte er Mona kennen. Es war ihre wilde Zeit, ihre katholische Erziehung hatte sie abgestreift, sie war die Hippie-Braut in dem Laden, ließ aber keinen an sich heran. Nur Nick war ihr sympathisch. Nick war anders, das merkte sie bald. Nick hatte Sinn für Schönheit und für Kunst, war sensibel und litt unter den Grobheiten der übrigen Mannschaft.

Er war längst nicht so abgeklärt, wie er tat. Sie verzogen sich in eine Ecke und redeten, auch über ihn und Agnes. Er erzählte ihr, dass er das nicht mehr lange aushielt. Das Schuften auf dem Bau, das Ehepaarspielen, die Aussicht auf Kind und Familie. Das ging ihm alles zu schnell.

Das hätte alles laufen können, wie es immer läuft. Das Problem war nur, das Agnes rasend eifersüchtig war. Sie schnüffelte hinter ihm her und rechnete ihm jede Minute auf, die er ohne sie verbrachte. Trotzdem dauerte es ein paar Monate, bis sie merkte, dass zwischen ihm und Mona etwas lief. Ihrer besten Freundin!

Irgendwann war Nick Manns genug, es ihr zu sagen. Dass er nicht mehr mit ihr zusammen sein wollte. Dass er sich in Mona verliebt hatte. Dass er mit ihr zusammenziehen wollte.

Sie rastete aus. Sie mobilisierte die ganze Verwandtschaft und den Freundeskreis und stellte ihm nach. Sie warfen in Monas Elternhaus Scheiben ein, zerstachen Reifen, lauerten ihm auf und wollten ihm einen Denkzettel verpassen.

Nick und Mona standen unter Druck. Das schweißte sie zusammen. Das trieb sie einander in die Arme, und vielleicht war das ein Fehler. Später sagte Mona, sie hätte sich nie mit ihm eingelassen, wenn sie nicht regelrecht dazu gezwungen worden wäre. Trotzdem muss da eine verliebte Romantik gewesen sein, eine Zusammengehörigkeit: sie beide gegen die feindselige Welt.

Sie zogen zusammen nach Mönkhagen, weg von Lübeck, um ihre Ruhe zu haben. Agnes fand nicht heraus, wo sie wohnten, aber sie lebten ständig in Angst. Nick bekam eine Geheimnummer, weil sie ihn durch Anrufe terrorisierte. Sie hatten ihr Nest, richteten sich ein, fanden sich auf einmal beieinander und wussten gar nicht recht, wie ihnen geschehen war.

So lernte ich die beiden vierundneunzig kennen. In Mönkhagen, seit zwei Jahren zusammen, Nick im Musikdepot und Mona als Kindererzieherin in Zarpen in der Villa Kunterbunt. Sie hatten ein gutes Auskommen, reisten oft nach Irland, Nick baute sein irisches Konzertprogramm auf, und die Furcht vor Entdeckung ließ allmählich nach.

So hätte es bleiben können. Sie heirateten drei Jahre später, und wieder zwei Jahre später zwang Mona Nick, Vater zu werden. Er wollte nicht allein sein. Er kann nicht allein sein, sagt er noch heute. Er braucht jemanden an seiner Seite, und Mona sagte ihm, entweder sie kriegt jetzt Kinder oder sie verlässt ihn.

Er wusste, mit dem Kind würde sich alles ändern. Seine Pläne, nach Irland zu ziehen und dort ein Musikgeschäft aufzuziehen, musste er aufgeben. Luka, mit dem er damals immer noch Kontakt hatte, plante das Gleiche, sie hatten sich immer gegenseitig angespornt, und später schaffte Luka es wirklich. Saß drüben auf der Insel in Galway und hatte einen Musikhandel laufen.

Wenn er manchmal zu Besuch nach Lübeck kam, wollte er sich mit Nick treffen, aber Nick verkraftete das nicht. Er konnte ihn nicht sehen. Selbst seine Liebe zu Irland verging ihm. Was sollte die Sehnsucht nach der Insel, wenn er doch nie dort leben durfte?

Lilly kam Weihnachten neunundneunzig. Plötzlich war Mona nur noch für das Kind da, er stand abseits und fühlte sich überflüssig, das kennt man ja. Für Nick war das neu, er verstand sich selbst nicht mehr: Wie konnte er auf seine eigene Tochter eifersüchtig sein! Er suchte sich seine Zuwendung anderswo, es gab da wohl auch ein Techtelmechtel mit einer Kundin im Musikdepot, nichts Schlimmes, aber Monas Vertrauen bekam einen Riss. Später erfuhr Nick, dass solche Phasen in einer Ehe völlig normal sind, Erstkindschock heißt das, aber sie haben es nie gemeinsam aufgearbeitet. Er behielt Schuldgefühle und hielt sich für einen schlechten Vater und Ehemann, sie traute ihm nicht mehr und hielt ihn für berechnend und selbstsüchtig.

Das zweite Kind, Fenja, besiegelte den neuen Lebensentwurf: Er war der Mann, der Versorger, der Heimwerker, der Familienvorstand. Er hatte das Geld herbeizuschaffen, da musste er eben auf seine Konzerte verzichten. Obwohl sie einmal seine Lieder, die er für sie geschrieben hatte, geliebt hatte, hielt sie sein Künstlergehabe für bloße Selbstinszenierung. Sie selbst wollte ganz Mutter sein und hängte ihren Erzieherjob an den Nagel. Das Geld fehlte hinten und vorn. Sie bekamen Kindergeld, und immer wieder drängte ihn das Arbeitsamt, eine Vollzeitstelle anzunehmen.

Im Herbst zweitausendvier wurde Nick arbeitslos. Da war ich schon in München, Nick teilte mir das per Email mit. Dann weiß ich nichts mehr von ihm.

„Was ist los mit dir", frage ich nach weiteren schweigsamen Kilometern.

Er schnupft, schaut sich um, als gäbe es in der Einöde etwas zu entdecken. „Das zieht mich wieder ziemlich rein", sagt er bedrückt.

Es ist nicht so, dass Freunde einem zu wenig von sich erzählen würden. Sie erzählen genug, sodass man ihre Geschichte kennt. Aber man vergisst immer, sie sich vor Augen zu halten, wenn die Freunde vor einem stehen. Sie sind ja keine Augenblickserscheinungen, keine Bündel von Charaktereigenschaften. Sie sind eine Geschichte. Das hat alles seine Herkunft und seine Gründe. Das erzählt sich ständig. Man muss hinhören und sich erinnern. Wer tut das sonst?

„Ich hab erst durch Rose gemerkt, was mir die

fünfzehn Jahre über mit Mona gefehlt hat", sagt er.

„Das ist immer so", sage ich.

„Ich hätte Mona das sagen sollen, oder nein, ich habe es ihr gesagt. Was mir fehlt in unserer Ehe. Aber das hat bloß immer zum Streit geführt und zu gegenseitigen Vorwürfen. Ihr fehle auch viel an mir, hat sie erwidert. Sie habe doch ihr ganzes Leben für mich geopfert, habe immer zurückgesteckt. Ist das nicht der blanke Wahnsinn?"

„Das ist normal. Jeder sieht sich als Opfer. Jeder hat recht, aus seiner Sicht. Das ist ja das Problem. Wenn man nicht gelernt hat, die Dinge aus der Sicht des Anderen zu sehen, und nicht bereit ist, sich selber in Frage zu stellen, dann haut man sich gegenseitig nur die enttäuschten Erwartungen um die Ohren."

„Ja, so war das", sagt Nick bitter. „Ich habe ihre Erwartungen von einem Ehemann enttäuscht. Ich war nicht der solide, zuverlässige und opferbereite Mann, den sie sich gewünscht hat. Ich wollte Künstler sein, hatte Angst und fühlte mich total im Stich gelassen.

Ich weiß nicht, ob sie diese Vorstellungen schon immer hatte. Am Anfang war davon nichts zu sehen. Vielleicht kam das auch erst, als sie regelmäßig in unsere Gemeinde ging. Vielleicht haben die ihr das ins Hirn gepflanzt, dieses biblische Männerbild."

Er meint das Wort „biblisch" sarkastisch.

„Vielleicht ist ihr da auch etwas entgegengekommen, das sie im Grunde immer schon gewollt hat", sage ich. „Sie ist ja katholisch erzogen worden. Vielleicht hat sie immer eine solide Ehe und ein anständiges Leben gewollt."

„Aber sie hätte doch wissen müssen, dass ich dafür der Falsche bin."

„Und du hättest merken müssen, dass sie dich nicht so annimmt, wie du bist. Dass du bei ihr diese Anerkennung und Wertschätzung nicht finden wirst."

„Stimmt auch wieder."

„Tragisch", sage ich. „Im klassischen Sinne. Ich wette, die Eheberaterpraxen sind voll von solchen Fällen. Das wär ja auch alles nicht so schlimm", sage ich, „wenn da keine Kinder im Spiel wären. Kinder machen es erst richtig schmerzvoll. An Kindern macht man sich so richtig schuldig."

„Scheiße. Klingt wie ein richtiger Blues. Auswegslos. Sehnsucht. Leid."

„Das hat eher das Zeug für eine griechische Tragödie", sage ich.

„Von mir aus auch das."

„Nee, echt jetzt! Bei griechischen Tragödien werden die Helden immer vor eine Aufgabe gestellt, an der sie scheitern müssen. Sie können gar nicht das Richtige tun. Es ist Schicksal, und doch macht der Held sich schuldig, weil es seine Tat ist. Im entscheidenden Augenblick. Dieses Übermaß an Verantwortung, dieser ohnmächtige Kampf gegen das Schicksal – das ist das Tragische in der Antike."

Nick sagt nichts.

Es ist ein schmales Sträßchen. Keine Bankette, nur Granitbrocken und Gras. Die weichen Hügelhöhen wie Tundrabuckel jenseits des Polarkreises. Wo sind wir da hingeraten?

Wir sind im Nationalpark. Weit und breit niemand außer uns. Nick hält an und steigt aus. Holt seine Gitarre vom Rücksitz und trabt in die Pampa. Ich schaue auf der Karte, es muss nicht mehr weit bis Sally Gap und der Straßenkreuzung sein.

Der Wind ist frisch und warm. Dunkle Wolken ziehen aus Westen heran, dort drüben schüttet es, Regenschleppen hängen überm Land.

Es ist grandios still. Nur der Wind. Auch die Formen sind still und grandios: der sachte Gang der Hügel, das gesträhnte Gras, die verstreuten Steinblöcke. An einem Bach ein gelber Ginsterstreif.

Ich schaue Nick nach, wie er sich ans Ufer des Baches setzt, unter einen Ginsterbusch, und denke: Wie Elia. Der Verzweifelte, der von Gott Enttäuschte. Erschöpft und niedergeschlagen setzt er sich unter den Busch und will nicht mehr weiter. Aus, Schluss. Gott lässt ihn. Schickt ihm Raben, die ihm zu essen und zu trinken bringen. Lässt ihn schlafen. Erschöpfungsdepression. Lässt ihn wieder verpflegen. Dann zeigt er ihm, dass er da ist. Nicht in Gewittersturm und Wolkensäule, sondern im leisen Wind. Im Wind, der über die kahlen Hänge streicht, von weither. Im Gras, das tanzt unter der Liebkosung des Windes. Im Murmeln des Baches. Im Wippen der dornigen Blütenzweige. In den sachten Gitarrenakkorden, die Nick da drüben anschlägt, unhörbar von hier aus.

Ich steige auch aus und gehe hinüber.

Setze mich wortlos neben ihn.

Er spielt einen Blues.

Lost Love, lost home.

Der klingende Schlag, der Groove, sein Klopfen

auf das Holz des Gitarrenbauches, er hat die Augen geschlossen und nickt im Takt, ich schaue nicht mehr hin und nicke mit.

You know I hobo'd, hobo'd, hobo'd, hobo'd, hobo'd a long, long way from home, oh Lord!

Das kenne ich. Dazu will ich mir die gutturale Blechröhre von John Lee Hooker denken, aber Nicks Stimme passt gerade besser. Hier, auf den Höhen der Wicklow-Berge.

„Was ist dein Lieblingsblues?", frage ich ihn.

„Ganz klar *Hoochie-Coochie-Man*! Warte mal."

Er greift um und fängt an.

Ihr wisst, hier bin ich. Jeder weiß, hier bin ich. Und ich bin der Hoochie-Coochie-Mann. Eine Zigeunerprophezeiung, das passt zu Nick. Zur siebten Stunde, am siebten Tag, im siebten Monat sagt der siebte Arzt: Er ist unterm Glücksstern geboren. Macht hundert Dollar. Zieh deinen Weg.

Ich klatsche im Rhythmus dazu. Wir lachen. Alter Hoochie-Coochie-Man! Alter Sterndeuter und Glücksritter! Vielleicht ist der Blues deine einzige Rettung.

Es fängt an zu nieseln. Dann werden dicke Tropfen daraus. Schnell springt Nick auf und bringt seine Gitarre in Sicherheit. Ich stülpe die Kapuze über und trabe lässig hinterher.

Scheiß auf die ganzen Weiber, denke ich grinsend. Es geht um die Welt! Die ganze Welt ist voll von Wundern und Schönheiten! Die ganze Welt ist voll von Gott! Was solls? Lass die Flügel hängen und werd locker in den Schultern! Die Freude kommt irgendwann zurück, und bis dahin gehst du schwer mit dem Blues im Genick!

Ich juchze gegen die Regenstille an. Der Schrei springt in die Berge und hüpft über die Heide, erstickt in den sich ballenden Wolken.

„Das hat gut getan", sage ich im Auto, die Tropfen fallen von meiner Kapuze, die ich noch aufhabe.

„Der gute alte Blues", sagt Nick lächelnd.

„Wohin jetzt?"

„In ein Pub."

„Sláinte."

Es gießt in Strömen. Wir sind froh, als wir aus den Bergen rauskommen und hinunter in grüne Flur mit Häusern und Hofeinfahrten.

In Manor Kilbride gießt es immer noch. Die Wolken aus Westen regnen sich am Gebirgsrand ab. Auf den Straßen gischtet es, Reifenfontänen, kleine Wassermännchen tanzen.

Das Pub ist halb für Touristen aufgehübscht, halb Stammkneipe fürs Dorf. Drinnen dampft es vor Feuchte und der Wärme vieler Menschen. Tresen und Einrichtung in dunkler Eiche oder so, die Wände grün gestrichen, gerahmte Fotos und alte Blechschilder an der Wand, über dem Tresen Hurling-Wimpel, die Flaschenbatterie im Regal und die tadellose Kette der Barhocker davor. Irisches Pub, wie gewohnt.

Wir finden noch einen Platz an einem Ecktisch. Nasse Gesichter, von Mützenschilden tropft es. Manche sitzen in durchsichtigen Plastikhäuten über ihren Tweedjacketts, Pintgläser vor sich.

Ich schwanke zwischen einem Irish Coffee und einem Guinness. Kalt ist mir nicht, aber sehr nach

Gemütlichkeit. Ich ordere bei der hübschen Kellnerin den Coffee, Nick nimmt eine Cola. Manchmal bedaure ich es schon, dass er keinen Alk trinkt. Würde mich gern mal mit ihm besaufen.

Ich erkundige mich bei der Kellnerin, welche Whiskeymarke sie für den Coffee benutzen. Keinen Irish Dew, aber Jameson ist auch okay.

Wir lehnen uns zurück und schauen dem Getriebe zu. Nach der langen Zweisamkeit ist es schön, inmitten eines irischen Stimmengewirrs zu sitzen.

„Hier könntest du auftreten", meine ich zu Nick. „Die haben eine kleine Bühne."

„Da findet schon was statt", sagt er und deutet auf einen Aushang. Irischer Stepptanz, da schau her. Wann? Heute! Ich schaue auf die Uhr. Wenn wir noch zwei Stunden hier sitzen, dann kriegen wir das mit. Kein Wunder, dass es so voll ist.

„Your Irish whiskey", sagt die Kellnerin und stellt das Glas vor mich hin.

„Coffee", sage ich.

„With coffee", sagt sie und lacht.

Schön braun der Trank, unten sieht man noch den Rohrzucker zergehen, die Sahne steif und kühl.

Während der ersten Stunde bringt uns die Kellnerin ein Kartenkunststück bei: Sie schnippt am Tischrand den Kartenstoß mit den Oberseiten der Finger nach oben und schnappt sich das Paket mit einem schnellen Griff. Als wir das probieren, streuen wir bunte Blätter über den ganzen Tisch. Wir lachen alle drei. Nick hat noch am meisten Geschick.

„Die ist nett, die Kellnerin", sage ich, als sie gegangen ist.

„Jau. Kann man sagen."

An seinem Gesicht sehe ich, dass sie mit Rose nicht konkurrieren kann.

„Mensch, lass doch diese Tussi mal los!", versuche ich es kumpelhaft. „Das ist jetzt drei Jahre her."

„Wenn sie heute anrufen würde", sagt er fast drohend, „wenn sie mir sagen würde, dass sie sich von ihrem Mann getrennt hat, ich würde mit dem nächsten Flugzeug heimfliegen."

Das beeindruckt mich nicht. „Du bist verrückt", sage ich, „sollte ich jetzt sagen, aber das würdest du nur als Auszeichnung verstehen. Stimmts?"

„Unbedingt."

„Weil zur großen Liebe ja die Verrücktheit gehört, stimmts?"

„Absolut."

„Aber so meine ich das nicht. Ich meine *mad*, nicht *crazy*. Ich meine, du bist krank. Selbstzerstörerisches Verhalten. Du hast so einen morbiden Zug an dir, so eine Lust zum Untergang."

Er nickt stumpf dazu.

„Sag mal, Nick", fahre ich fort und habe einen hellen Moment: „Findest du dich eigentlich wert, am Leben zu sein?"

Er guckt ganz ernst und meint: „Ich sag dir ganz ehrlich, Matthew: Ich will nicht am Leben sein. Ich wünschte, es gäbe mich nicht. Und ich wünschte auch, dass nach dem Tod Schluss wäre."

„Ich weiß", sagt er noch, „ein Christ dürfte das nicht sagen. Aber ich denke so."

Während der nächsten Stunde füllt sich das Pub weiter. Jetzt kommen die Touristen, wie immer zu spät. Auch an unseren Tisch zwängen sich zwei. *Traditional Music*, sagt der Aushang. Die Bar öffnet nach sechs. Ich bestelle mir nun doch eine Pint.

Auf der Bühne stehen Instrumente, Verstärker, Mikrophone, das Mischpult. Dahinter der Gang zum Klo, graugrün gestrichen, führt weiter in den Hinterhof. Dort darf der Kondomautomat hängen. Die Scheiben beschlagen, die Kellnerinnen hinter der Theke hetzen hin und her, zapfen, kassieren. Gutes Geschäft für den Wirt. Gute Idee, die Musik für Touristen. Es sind ja meistens junge Leute, die sich zu Bands zusammenschließen, oder von Musikschulen, die die Chance zu Auftritten nutzen.

Die Stimmung greift auf mich über. Wie immer kann ich mich nicht im Zaum halten, will das aufschreiben. Berufskrankheit. Ich zücke ein bisschen angeberisch mein Moleskine und nehme den silbernen Stift. Wenn Hemingway in einer Mojito-Bar das konnte, dann kann ich das in einem irischen Pub auch.

Ob ich einen Brief an meine Mutter schreibe, fragt mich ein alter Ire vom Nebentisch. Yes, antworte ich, she's my sweetheart, und der Alte lacht.

Spät kommen die Musiker. Zu viert. Alle in T-Shirts und Jeans. Der Banjospieler mit abstehenden Ohren und Stoppelhaar, Soldatengesicht wie aus den Straßen Belfasts. Paddy heißt der Akkordeonspieler und die Band nach ihm. Mit wurschtigen Lippen nuschelt er ins Mikro, ich verstehe kein Wort. Kilkenny kriegt sein Fett weg, denn heute hat es das Hurlingspiel gegen Cork verloren. Lachen, Pfeifen.

Der Fiddler sieht aus, als studierte er Jura. Der Trommler sitzt ganz hinten, langhaarig, Zigarettenschachtel untern T-Shirt-Ärmel geklemmt.

Sie beginnen mit einer fetzigen Reel. Banjosaiten zirpen und schnarren, die Fiddel jault, das Akkordeon tutet wie eine atemlose Dampflok, sie spielen den Tanz drei, fünf, sieben Minuten, immer schneller, immer kunstreicher variiert. Das nächste eine Ballade, dann wieder eine Reel.

An der Theke zählt ein Kauz mit Mütze Münzen in seine Hand, versonnen, den kantigen Kiefer vorgeschoben. Ein Schwarzhaariger mit Hakennase und Schnäuzer schleicht finster zum Ausgang, ruckt vogelartig mit dem Kopf, stiert vor sich hin und murmelt Verwünschungen. Am Tisch neben Nick wartet eine Rothaarige mit grünen Augen und geschminktem Kussmund auf ihren Mann, der zwei Stout bringt. Sie klopft auf dem Schenkel den Rhythmus mit, aber nicht den, den ich höre. Am Tresen zapfen die Mädchen schon auf Zuruf, man reicht das Geld über die Köpfe hinweg und balanciert sein Bier zum Platz.

Langsam kommen wir in Fahrt. Nick ist längst dabei, neben dem Schreiben lasse ich immer mehr die Zügel fahren. Die Reels und Jigs hören nicht auf. Der Fiddler greift zur Tin Whistle und trillert uns eins, der Banjospieler beugt sich reglos über sein Instrument und horcht auf Unhörbares, Paddy verspricht sich dauernd mit den Titeln der Stücke, die sowieso jeder kennt.

Ja, denke ich kurzatmig. Musik, Leben. Ich will mich ausgeben, was für ein Leben ist das? Ich weiß es nicht, ich kenne das Spiel nicht, kümmere mich nicht um Regeln, ich jauchze mich heiser und meine Handflächen brennen vom Applaus, *Musha, ring domma dur domma dar!* trommeln meine Hände jetzt auf meinen Schenkeln, vier Viertel versuche ich mitzuhalten, versuche nur zu hören und nicht zu denken, und plötzlich treten aus dem graugrünen Gang drei Mädchen, lächelnd scheu und selbstbewusst, drei junge irische Ponys mit hüpfendem Pferdeschwanz in hautengen Trikots mit Röckchen und schwarzen Strumpfhosen, auf das Signal der Musik hin springen sie in die Mitte des kleinen Raums, der zwischen den Leuten freigeblieben ist, und verwandeln ihn in ihren Tanzboden, irischer Stepptanz, die Schnallenschuhe mit den Absätzen knallen hart den rasenden Rhythmus, sie werfen ihre Beine auf und schlagen aus, dass wir in Deckung gehen müssen, nah sind wir dran mit den Nasen den bebenden Leibern und bekommen mit jeder Bewegung den Hauch von Parfüm und Wärme ins Gesicht, betrachten mitten im Getümmel die zuckenden Bauchmuskeln, den hüpfenden Busen, die konzentrierten Züge, nur manchmal lächelt die eine, wenn schiere Lust an ihrem eigenen Tanz sie überkommt, alle halten sie die Schultern zurück und die Arme steif am Leib, das verstärkt den Eindruck von Hoppepferdchen, weil sie die Brust recken und das einzig Bewegte Beine und Pferdeschwanz sind, diese Vorschrift kommt von den viktorianischen Engländern, sie hüpfen nun eine um die andere herum tanzt eine hervor und knallt die Schritte allein aufs Parkett springt in die Luft übermütig wie junges Füllen lässt der Freundin den Platz drei sind es drehen sie sich umeinander die eine brünett und etwas füllig um den Bauch unter

dem Trikot sehen wir das Bäuchlein der Kiefer steht
ihr ein wenig vor mit schwarzen Haaren blickt sie
stumpfsinnig zähnefletschend vor sich hin sieht sie
aus wie Ryans Tochter die zweite glatthaarig mit
langem Gesicht fast zu dürr und die dritte ja die
dritte ist eine echte Schönheit die hübscheste Irin die
ich bis dahin gesehen habe rothaarig mit widerspens-
tigem Haar stolz und hochgereckt schreitet sie gravi-
tätisch vor und zurück straffen Leibes und kein
Gramm Fett die irische Primadonna drückt den
Busen nach oben wie um Milch zu geben lächelnd
mit Schweiß auf der Stirn und Strahlen wenn sie die
schiere Lust am eigenen Tanz überkommt tanzt sie
vor und knallt atemberaubend die Schnallenschuhe
aufs Holz die schweren Schuhe sind festgeschnürt an
der Fessel ich rücke zurück mit dem Stuhl Respekt
Furcht Scham vor den Beinen mit denen sie um sich
wirft und das Klopfen geht mir durch und durch die
Musiker lachen auch dazu und holen das Letzte aus
sich heraus wildes Pferd Schaustück für die Touristen mit jedem Blick brichst du deine Ehe Gott lenke
deinen Blick bis der Blick erlahmt und du nur noch
bewunderst hüpfend verschwinden sie in dem graugrünen Gang in einer Tür, und die Band spielt weiter, alle klatschen, ich trommle alles mit, was die
Melodie hergibt, das Lied endet, es gibt eine Pause ...
    Kurz darauf drücken sich zierlich die umgezoge-
nen Ponys durch die Menge Männer, die aufs Klo
unterwegs sind. Die dritte, das Primadonnchen, geht
direkt an mir vorbei, mit gelöstem Haar, in Jeans und
Rollkragenpulli. Ist es nicht so, dass du ihren Namen
wissen willst?, frage ich mich. Wenigstens wissen,
wer sie ist, was für ein Mensch und mehr als bloß

das Touristenschaustück? Den Namen, fürs spätere Werk. Nicht um die Ehe zu brechen, sondern um das wunderliche Geschöpf aus der Rolle zu befreien, die alle um sie her von ihr wollen. Den echten Menschen. Wie heißt dein Vater, scheue Maid, wo wohnst du und lernst du tanzen, verdienst wie viel bei O'Sullivan täglich mit deinem Twa-tigga-na-tigga-nai-doo? Aber ich schaffe es nicht. Zu zielstrebig geht sie, zu aufgelöstes Haar, zu irisches Mädchen, an mir vorbei.

Zum ersten Mal schaue ich wieder Nick an. Er hat ein Leuchten im Gesicht und strahlt. Ihm haben die Ponys auch gefallen. Das Leben, denke ich. Mein Stift ist kaum hinterhergekommen. Ich stecke das Moleskine wieder weg.

My mother, sage ich zu dem Alten neben mir, isn't pleased about my letters. Aber der trinkt nur stur sein drittes Guinness.

Wir zahlen. Nick will mich einladen, wir einigen uns auf getrennte Kasse. Draußen hat der Regen aufgehört. Die Straßen glänzen, die Häuser sind frisch gewaschen.

Wir fahren weiter auf die N 81.

Am Lake Blessington herrscht Abendstimmung. Das gibt dem Erlebnis im Pub seine Tiefe. Wir halten an einer hübschen Stelle und steigen aus.

Der See ist nicht breit; er teilt sich in zwei Arme, die Ufer Wiesen mit alten Herrenhäusern zwischen Bäumen, das Wasser glatt und reglos jetzt, wo der Wind eingeschlafen ist. Eine Patina aus apfelsinenfarbenem Licht liegt darauf, im Westen hat der

Himmel aufgeklart.

Wir gehen das Ufer entlang. Kiesstrand. Nick nimmt Steine auf und wirft sie in den See. Er nimmt walnussgroße, die ein sattes Glucksen ergeben mit einem federnden metallischen Ton.

Die Stille des Gewässers tut gut. Wir waren jetzt einen Tag gemeinsam unterwegs, haben gemeinsam etwas erlebt. Wir bleiben stehen.

„Dublins Trinkwasserreservoir", sagt Nick. „Neunzehnhundertvierzig haben sie begonnen, den Liffey aufzustauen. Zwei Ortschaften wurden geflutet."

„Tja."

Nick wirft immer noch Steine ins Wasser. Ich setze mich in den nassen Kies und rauche.

„Sag mal", beginnt Nick und schnupft. „Hat sich bei dir auch was gerührt, beim Tanz von den drei Mädels im Pub?"

Unwillkürlich strecke ich das Kreuz. Das gibt jetzt wohl so eine Art Männergespräch. Das passt mir nicht. Ich finde es nicht gut, viel über Sex zu reden. Das geht niemanden was an. Wie Freunde ihre Schwänze in die Mösen ihrer jeweiligen Frauen schieben, will ich gar nicht wissen. Manchmal ist ein Austausch ganz gut, damit man mal einen Vergleich hat. Ob siebzehn Zentimeter nun lang sind oder nicht. Ob man Störungen hat, wenn man bloß einmal die Woche will. Oder ob es für pädophile Neigungen spricht, wenn man seine Töchter zum Knuddeln findet. Aber letztlich nützt alles Vergleichen nichts, man muss doch mit dem klarkommen, was man hat und ist.

„Wenn du meinst, ob ich einen Steifen hatte, das

nicht. Aber kalt gelassen hat mich das auch nicht."

„Ich war ja ein Triebtier", bekennt Nick, „was Sex angeht."

„War?"

„In der Anfangszeit mit Mona." Er holt aus und entlässt einen Stein in die Luft, in die vorgezeichnete Bahn durch das Abendlicht, bis er sich duldsam senkt in die nasse Tiefe. Es gluckst. „Ich hab da, glaub ich, viel falsch gemacht."

„So?"

„Ich wollte fast jeden Tag mit ihr schlafen. Wenn ich keinen Sex hatte, war ich total unzufrieden. Ich tigerte nervös herum, war unausstehlich und löcherte sie ständig. Ich zwang sie regelrecht dazu.

Das hat sie mir nicht verziehen. Ich fragte gar nicht, was und vor allem wie sie es wollte. Ich nahm sie einfach, und irgendwann, das hab ich gespürt, hielt sie nur noch hin.

Das war schrecklich, so ein Sex. Ich habs ja gemerkt, aber ich hab die Kurve nicht gekriegt. Vielleicht hat sie damals angefangen, mich körperlich zu hassen. Vielleicht war das der Punkt, wo sie zu der Überzeugung kam, ich sei ein ausgemachter Egoist und zöge immer mein eigenes Ding durch."

„Und wie hat sich das geändert?"

„Das hatte was mit dem Küssen zu tun. Sie küsste mich kaum noch. Ich meine: richtig. Auch beim Sex nicht. Und das Küssen ist für mich gerade das, was die größte Nähe ausdrückt, verstehst du? Da komme ich einem Menschen wirklich nahe. Es war gar keine Zärtlichkeit mehr zwischen uns.

Das war eines der vielen Dinge, über die wir gestritten haben. Was ich denn wolle, sagte sie. Ich könnte doch meinen Sex haben, den ich offensichtlich so bräuchte, sagte sie. Mehr sei nicht drin."

„Habt ihr das wieder hingekriegt?"

„Nein. Bis ich Rose traf, hatte ich schon lange keinen echten Kuss mehr bekommen. Mona war mir fremd. Ich hab mich so kalt ihr gegenüber gefühlt. Weil sie so kalt war. Da war eine Distanz zwischen uns, die wir nicht mehr aufheben konnten."

„Ihr hättet miteinander reden sollen", sage ich und denke, dass das sich leicht sagen lässt. „Richtig reden, nicht streiten. Keine gegenseitigen Vorwürfe, was einem alles abgeht und was der Andere falsch macht. Sondern offenlegen, was jeder sich wünscht vom Anderen und ob das erfüllt werden kann oder nicht."

„Das hätten wir man tun sollen."

„Warst du süchtig nach Sex?", frage ich.

„Kann man sagen. Ich hab dann versucht, das zu disziplinieren. In den letzten Jahren war ich manchmal in der Clemensstraße und hab dort meinen Beutel geleert, bis die dichtgemacht wurde. Dann war ich später im Hofgang, bei den Zaubermäusen, wo ich Grace kennenlernte."

„Grace?"

„Die mich mitgenommen hat nach Jamaica."

„Eine andere Geschichte, was?"

„Jau."

Er geht in die Hocke und schaut übers Wasser. Der feine Glanz löst den Blick auf, irgendwann sieht man nur noch Licht- und Schattenflächen.

„Sie ist von dir enttäuscht, Nick", sage ich und drehe mir eine zweite Zigarette. Bei solchen Gesprächen muss ich meine Hände beschäftigen.

„Sie hat bestimmte Erwartungen an dich gehabt, und die hast du nicht erfüllt. Sie hätte mit dir darüber reden sollen, dir sagen, was sie will, und du hättest ihr sagen können, ob du das leisten kannst oder nicht."

„Aber warum wollte sie das so unbedingt? Warum hat sie mich nicht genommen, wie ich bin?"

„So wie ich das sehe", sage ich behutsam, „wollte sie etwas, das ihr Halt gibt. Eine Familie. Vielleicht hat letztlich doch ihre katholische Erziehung durchgeschlagen. Sie hat das gebraucht, um leben zu können: eine solide, überschaubare, zuverlässige Familie. Das ist ja nichts Schlechtes, aber bei dir ist sie da an den Falschen geraten."

„Du meinst, dazu tauge ich nicht."

„Du willst nicht acht Stunden am Tag in ein Büro gehen. Du hast keine Ausbildung außer der beim Brinkmann, mit der du nichts anfangen kannst. Du willst ein Leben, das dich inspiriert, das Überraschungen bietet und offen ist, verstehst du: ein offenes System, bei dem nicht alle Gleichungen schon gelöst sind."

Er nickt nur.

„Außerdem bist du ein Außenseiter. Du kannst dich nicht einfügen in das soziale Netz, das dir angeboten wird. Vor allem nicht in einem Nest wie Mönkhagen. Eigentlich gehörst du in die Großstadt, nach Hamburg. Da gibt es genug schräge Vögel, die alle ihre Nische gefunden haben. Mona wollte dich als jemand, der du nicht bist."

„Sie hat nie verstanden, dass ich das, was andere Männer so machen, nicht konnte. Ich bin kein Handwerker, aber immer hat sie mich gelöchert, das

Dach zu reparieren oder die Heizung oder den Teppichboden zu verlegen. Und weil ich mich immer gedrückt habe und wir kein Geld für einen bezahlten Handwerker hatten, hat sie mir das ewig vorgeworfen.

Oder, was heute noch kommt, was sie mir bis heute nicht vergeben hat: Einmal wollten wir ihre Freundin besuchen in Berlin, übers Wochenende. Ich sollte ja fahren, aber ich sollte auch lotsen, denn sie sagte, sie könnte keine Karten lesen. Navis gabs damals noch nicht. Ich kannte mich in Berlin kein bisschen aus, und ich traute mir einfach nicht zu, mit Stadtplan neben dem Fahren her den Weg zu finden. An diesem Morgen war mir alles zuviel. Ich hätte mich am liebsten im Bett verkrochen. Ich kann dir nicht sagen, warum. Ich hatte einfach Angst."

„Hast du ihr das gesagt?"

„Das wusste ich damals noch nicht so, wie ich es heute weiß. Ich hab versucht ihr zu erklären, dass es mir nicht gut ginge, aber das waren für sie alles Ausflüchte. Ich würde wieder einmal nur an mich denken, und dass sie ihre Freundin nicht sehen könnte, sei mir scheißegal."

„Und warum ist sie nicht allein gefahren?"

„Das wollte sie nicht. Sie könne so eine weite Strecke nicht fahren, und außerdem sollte das ein Familiending werden, weißt du, wir als Familie Minners und so."

„Jedenfalls braucht sie sich für ihre Wünsche nicht zu rechtfertigen. Aber dir vorzuwerfen, dass du sie nicht erfüllt hast, dir darin böse Absicht zu unterstellen und sich selbst zum Opfer zu stilisieren – das ist infam!"

„Und für mich war sie nie die Traumfrau. Wie gesagt, das ist mir erst bei Rose so richtig klargeworden. Ich wollte jemanden, der zu mir steht, der mit mir die Freude am Schönen und an der Kunst teilt."

„Das hat Mona nicht?"

„Sie hat das immer für Staarallüren gehalten. Hat gesagt, ich wolle mich damit wichtig machen. Sie hat nicht verstanden, dass ich vom Schönen lebe."

„Ihr habt euch beide nicht verstanden. Euch selbst und einander nicht. Ihr müsstet mal in Ruhe miteinander reden, unter Anleitung, meine ich. Aber das ist wohl jetzt vorbei."

„Nach der Trennung, noch vor der Scheidung, sind wir einmal zu einer Eheberaterin gegangen. Aber das hat nicht viel gebracht. Wir haben uns wieder gegenseitig Sachen an den Kopf geworfen, und die alte Tante hat nicht viel mehr gemacht, als den Kopf geschüttelt und zugeschaut.

Ja, Mona hat mir angeboten, dass ich zurückkommen könnte ..."

„Ach ja?"

„Unter drei Bedingungen. Erstens dürfte ich Rose nicht mehr sehen oder kontaktieren. Das ging damals nicht, weil das mit Rose noch im Gange war, und ich konnte sie nicht loslassen.

Zweitens, dass ich Mona nicht mehr anrühre im Bett, dass wir nur noch platonisch zusammenleben. Das ist für mich keine Ehe, Nick. Das kann ich nicht."

„Und drittens?"

„Drittens, dass ich mir eine gutbezahlte Arbeit suche und alles tue, um meiner Familie ein zuverlässiger und treuer Versorger zu sein."

„Du hättest dich verleugnen müssen", sage ich, erschrocken über den Hass, der aus diesen Forderungen spricht.

„Trotzdem hab ich mir manchmal überlegt, ob ich es machen soll. Wenigstens versuchen soll. Der Chef will ja jede Ehe retten, sagen die in der Gemeinde, und es käme nur auf den guten Willen an, und manchmal müsse man sich selbst verleugnen. Aber ich traute dem Ganzen nicht. Ich glaube nicht, dass ich die Kraft dazu bekommen hätte."

„Wenn du mich fragst", sage ich, „wäre das auch keine Ehe in seinem Sinn gewesen. Eine Fassade ohne Kern. Gut, dass du es nicht gemacht hast."

„Ja? Findest du? Mensch, Nick, ich hätte dich damals gebraucht!"

„Ja, finde ich. Du kannst das im Gottvertrauen nur machen, wenn du es aus Liebe tust. Selbstverleugnung kann schnell zur Selbstzerstörung werden. Hättest du denn diese Liebe zu deiner Familie gehabt? Zu Mona?"

„Matthew, ich sage dir: Wenn ich mittlerweile zurückdenke an die letzten Ehejahre, dann ist das eine Wüste für mich. Dann habe ich Angst zu ersticken. Ich hab mich wie begraben gefühlt. Da war so eine Kälte, so eine himmelweite Entfernung zwischen mir und meiner Familie. Sogar zu meinen Kindern. Ich hab das gemerkt. Ich habe mich von ihnen zurückgezogen, und auch Mona hat das gemerkt und mir vorgeworfen, ich sei ein Rabenvater.

Matthew – nie wieder will ich das erleben! Lieber tot sein als so leben."

„Und daraus hat Rose dich befreit", sage ich. „Vielmehr: die Möglichkeit, mit Rose deinen Traum zu leben, hat dich befreit."

„Genau so wars."

„Siehst du jetzt, dass das kein Schicksalsmoment war?", sage ich. „Das ist nicht vom Himmel gefallen. Das hat sich über Jahre oder Jahrzehnte aufgebaut, Nick. Das hast du genährt, gehegt und gepflegt. Du hast es begraben und versucht, den braven Biedermann zu spielen. Ich weiß ja, dass du deine Kinder liebst. Aber dieser Traum der großen Liebe war immer da. Da braucht nur die Passende vorbeizukommen, und das Ganze schießt empor wie im Treibhaus. Überhaupt kommt mir das Klima eurer Beziehung vor wie ein Treibhausklima: schwül und künstlich."

„Du meinst, das hätte mir mit jeder anderen Frau auch passieren können?"

„Mit jeder anderen sicher nicht. Aber Rose war und ist nicht die Einzige. Sie hat nur den Nerv getroffen."

Er hat keine Steine mehr in der Hand und klaubt neue aus dem Kies. Nachdenklich, als wollte er sie lieber in der Schublade horten als wegschmeißen.

„Da muss ich mal drüber nachdenken", sagt er.

Wir gehen noch ein Stück. Drüben, am anderen Ufer, zieht ein Boot seine Bahn, eine silberne Glanzspur hinter sich. Zwei Gestalten sitzen darin, eine rudert.

Ein tröstliches Bild. Oder nein: ein gleichmütiges. Niemand kümmert sich darum, was wir hier besprechen. Jeder lässt uns sein. Alles ist einfach da.

Eine Stunde gehen wir. Dann wird es dunkel.

Lichter entzünden sich am Seeufer, vereinzelt. Hinter uns Blessington mit seinen abendlichen Straßen, seinen Laternen, seinen Reihenhäusern.

Wir sind zurück am Wagen.

Nick atmet tief ein.

„Das tut einfach gut", sagt er.

„Was genau?"

„Irland."

„Was willst du hier machen?"

„Ich habe mit Luka wieder Kontakt aufgenommen."

„Der jetzt in Irland ist? Mit seinem Musikladen?"

„Genau. Er kann mich vielleicht unterbringen. Wenigstens fürs erste Jahr. Mal sehen."

„Und zurück nach Deutschland?"

Er zuckt die Schultern. „Da wartet nichts auf mich."

„Deine Kinder."

„Ja", sagt er. „Meine Kinder. Die haben mich jetzt zwei Jahre nicht gesehen "

„Du bist frei", sage ich.

„Ich fühle mich aber nicht so."

„*Freedom is just another word*", zitiere ich. „Den alten Joplin-Spruch kennst du doch."

„Damit könntest du recht haben. Es ist nichts mehr übriggeblieben, was ich verlieren könnte."

„Ein richtiges Bluesgefühl."

Wir steigen ein und fahren nach Hause. In unser River House in Glendalough. Auf dem Wicklow Gap ist es dunkel. Fern im Westen glüht eine letzte Helle, das Land streicht gemächlich in seinen He-

bungen und Senken, schwarz, nur die Scheinwerfer-
paare, die uns entgegenkommen.

Es ist nicht weit. Als wir vor unser Haus fahren,
wird uns ganz heimatlich.

„Jetzt gibt's was zu essen", sage ich.

„Was denn?"

„Na, Penne all' Arrabbiata. Hab ich doch gesagt."

„Ich finds klasse, dass du kochen kannst."

„Ich bin nur ein Genießer, das ist alles."

„Wenn die Kinder bei mir waren, während der
Trennung, sind wir immer zu ihrem Lieblingstürken.
Und manchmal hab ich ihnen Pommes gemacht, in
der alten Friteuse, die ich von meiner Mutter habe.
Die hat Mona aussortiert, als sie mich rausgeschmis-
sen hat. Hat meinen ganzen Krempel in die Garage
gepackt und gesagt, wenn ich ihn innerhalb einer
Woche nicht abhole, kommt er auf den Sperrmüll."

„Wann ist dein Vater noch mal gestorben?"

„Sechsundneunzig. Ein Jahr, bevor wir geheiratet
haben."

Drinnen zündet Nick den Kamin an. Es ist kühl.
Ich stelle die Pfanne auf den Herd und schneide
Tomaten in Würfel. Dann schneide ich den Speck in
Streifen, Knoblauch und eine Zwiebel und nur eine
von den Chilis, weil Nick keine Schärfe mag. Ich
brate alles in Olivenöl. Als das Wasser im Topf
sprudelt, schütte ich die Penne hinein. Jetzt die Tomaten in die Pfanne und köcheln lassen. Das ist
alles.

Die Penne im Sieb pappen zusammen, das macht
nichts. Nick stellt zwei Teller hin und zwei Gabeln.
Parmesan gibt's aus der Tüte.

Wir fangen an zu schmausen. Der Ausflug hat

Appetit gemacht.

„Mann, Matthew, das schmeckt klasse."

„Ganz einfach. Hast ja zugesehen."

Wir essen die Teller leer und holen nach. Ein Weinchen wär jetzt nicht schlecht, denke ich, begnüge mich aber mit Cola.

Als wir fertig sind, greift Nick sich an die Brust.

„Hier", sagt er. „Hier kneifts."

„Sodbrennen?"

„Das Nutella von heute Morgen. Das vertrag ich einfach nicht. Und jetzt die Schärfe dazu."

„Hatte ich auch. Aber der Arzt hat mir was verschrieben, das hilft unheimlich gut. Nehm ich jeden Morgen."

Und wir unterhalten uns über unsere Wehwehchen und die Ärzte, die wir damit belämmern.

Nick spült ab, ich sitze auf dem Sofa und habe Lust auf eine Verdauungszigarette. Dazu müsste ich rausgehen, das will ich aber nicht.

Nick setzt sich in den Sessel und nimmt seine Gitarre zur Hand. Stimmt die Saiten nach.

„Die Feuchte heut hat ihr nicht gut getan", sagt er.

„Sensibles Instrumentchen", sage ich.

„Wie ich", sagt er.

„Und wer spielt auf dir?"

„Wer soll auf mir spielen? Rose?"

„Red keinen Stuss! Kennst du das Gedicht von Rilke nicht? *Wie soll ich meine Seele halten, dass sie nicht an deine rührt?*"

„Doch. Mit Rose habe ich das mal gelesen, glaub ich."

„Da steht am Schluss: *Auf welches Instrument sind*

wir gespannt? Und welcher Geiger hat uns in der Hand?"

„Stimmt. Erinnere mich. Und was willst du damit sagen?"

„Nichts, glaub ich."

„Dass alles der Wille vom Chef ist? Das mit Rose, und dass ich meine Familie verloren habe?"

„Fang nicht wieder damit an!", stöhne ich. „Wart einfach ab. Der Sinn wird schon kommen."

„Allmählich versteh ich, was an Roses Vorstellung vom Chef so attraktiv ist", sagt er und krault mit den Fingern die Saiten, dass es fein klingelt. „Klare Vorgaben, Regeln, an die man sich zu halten hat, ein bisschen Anstrengung und Selbstverleugnung, das ist alles noch zu leisten, und dann weiß man, dass man auf dem richtigen Weg ist. In Sicherheit. In der Wahrheit. Im Grunde ist das alles furchtbar einfach."

„Das Leben mit Gott ist ein Abenteuer. Man ist nie sicher vor Überraschungen, plötzlichen Wendungen, vor Veränderung und Umdenken. Wir sind nicht dazu da, Vorschriften zu erfüllen. Das hat Jesus alles getan. Wir sind dazu da, mit Gott zu *leben*. Im tiefsten Sinn des Wortes."

„Ach, Matthew! Du hättest Pastor bleiben sollen."

„Führe mich nicht in Versuchung."

„Apropos Versuchung. War diese Sache mit den Tanzgirls da im Pub jetzt eigentlich Ehebruch?"

„Was? Wie kommst du *darauf*?"

„Na, da gibt's doch eine Stelle, wo Jesus sagt: Wenn du nur eine andere Frau ansiehst, um sie zu begehren – "

Ich winke ab. „Ja, ich weiß. Matthäus fünf. Und?"

„Na ja, dann hättest du schon deine Ehe mit Gisela gebrochen."

Jetzt werde ich sauer. Ein starkes Stück, denke ich. Typisch Christen. Können nicht mal ein bisschen Lebenslust verspüren und sich an jungen Mädchen freuen, ohne gleich den Moralischen zu kriegen. Was geht Nick meine Ehe mit Gisela an? Hat er mir zuviel von sich geoffenbart, sodass er mich zwingen will gleichzuziehen?

Nick und ich sind nicht auf Augenhöhe. Das waren wir nie. Mir gefällt seine wilde Energie, die er hat, seine Unbedingtheit manchmal, seine Auflehnung gegen Sitten und System, Heuchelei und Lüge. Das tut mir gut. Aber auf Augenhöhe sind wir nicht. So etwas wie mit Rose wird mir nicht passieren. Von Nadine weiß er nichts, aber Nadine war kein Ehebruch. Ich habe sie nicht begehrt.

„So eng darfst du das nicht sehen", sage ich.

„Aber Jesus sieht das so eng", hält er dagegen. „Das ist ja der Sinn seiner Predigt gegen die Pharisäer, die sich an den bloßen Wortlaut halten. Ursprünglich ist das mit dem Ehebruch so gemeint."

„Dann wäre ja jeder Blick auf der Straße Ehebruch", sage ich.

„Vielleicht ist er das", sagt Nick listig. „Ich mein, wenn schon biblisch, dann richtig."

„Was meinst du?"

„Na, das sechste Gebot. Wenn man sich darauf beruft, dann muss man auch die Worte von Jesus ernst nehmen. Sonst ist das bloße Heuchelei."

„Willst du damit sagen, ich bin ein Heuchler?"

„Quatsch, du doch nicht! Ich mein die Leute in der Gemeinde. Wenn schon so ein begehrlicher

Blick für Jesus Ehebruch ist, dann kann doch keiner den ersten Stein werfen, oder?"

„Willst du mir erzählen, was in der Bibel steht? Willst du mir erzählen, ich hätte Ehebruch begangen, so wie du? Da ist schon noch ein Unterschied zwischen deiner Geschichte und diesen Ponys im Pub, findest du nicht?"

„He, Matthew, so war das nicht gemeint!"

„Okay", sage ich. „Vielleicht hast du recht. Vielleicht habe ich streng genommen die Ehe gebrochen. Vielleicht werde ich es Gisela erzählen. Ich wollte zwar mit der Grünäugigen nicht ins Bett, aber erregt hat sie mich schon."

„Du wolltest nicht mit ihr ins Bett?"

„Das glaubst du mir jetzt nicht, du Triebtier, was? Aber dazu bin ich viel zu empfindlich. Dazu muss ich eine Frau erst gut kennen."

„Und du hast keine Lust, sie kennenzulernen?"

„Um Himmels willen, nein!", sage ich. „Was wäre das? Ein junges irisches Mädchen, eine Lebensgeschichte, ihre katholischen Eltern, und wieder einen Menschen mühsam durchdringen müssen, eine neue Sprache lernen, und ich meine nicht Irisch – nein, danke, das wäre mir zu fremd. Das wäre mir zu anstrengend! Ich habe mit Gisela die Frau gefunden, mit der ich leben will."

„Das ist es, was dich abhält? Im Ernst?"

„Was sollte mich sonst abhalten?"

„Liebe."

„Davon rede ich doch die ganze Zeit!"

„Das ist doch nicht Liebe!"

„Das kannst du nicht verstehen, was?" Mein Ton wird schärfer.

„Matthew, ehrlich, das klingt ziemlich lasch."

„Ob das lasch klingt oder nicht, ist mir wurscht! In diesem Sinne habe ich sie nicht begehrt. Da ist ein Körper und eine Nähe, die einen anzieht, und da ist ein neuer Mensch, der einen noch nicht kennt, bei dem man neu anfangen kann, der wieder Dinge an einem entdeckt, die Gisela schon lange nicht mehr sieht, klar zieht einen das an, aber an die große Liebe glaube ich nicht, und dann trifft man sich ein paar Mal, lässt die Zügel ein bisschen schleifen und genießt einfach nur den Augenblick! Was soll daran Ehebruch sein? Nein, das war kein Ehebruch ..."

„Von wem redest du?" Nick schaut mich verwundert an.

„Von niemand Bestimmtem."

„Klingt aber so."

„Ich meine nur allgemein. Das ist für mich nicht das Begehren, das Jesus meint."

„Es war also keine Sünde?"

„Oh Mann, Nick! Das Thema wirst du auch nicht los, was? Die Sünde ist für Gott erledigt. Ein für alle Mal. Auf Golgatha. Wenn wir jetzt auf jede kleinste Sünde starren, die in unserem Leben ist, dann verpassen wir das Eigentliche."

„Ist es das, was du mit Leben aus der Vergebung meinst?"

„Ich weiß, dass ich ein Sünder bin und dass ich, um beim konkreten Fall zu bleiben, meine Ehe mit Gisela nicht so leben kann, wie Gott sie gedacht hat. Ob etwas Sünde ist oder nicht, ist nicht die entscheidende Frage. Sondern wie ich damit umgehe, dass Sünde in meinem Leben ist, darauf kommts an."

„Wirst du es Gisela sagen?"

„Was?", frage ich scharf.

„Das mit den Tanzmädels."

Ich atme auf. „Nick, ich bitte dich! Das ist doch völlig uninteressant, was ich da in einer saumseligen Stunde in einem irischen Pub gefühlt habe. Ihr geht es ja mit jungen Männern nicht anders. Und auch damit, dass sie nicht vorhat, mit ihnen zu schlafen. Wahrscheinlich reden wir darüber, was einen an den Mädels oder Jungs angezogen hat, was man sich vielleicht mehr vom Partner wünscht. So etwa. Aber da sind wir ständig im Austausch, da wissen wir ü-bereinander Bescheid."

„Merkwürdig, dass du dich da so aufregst", sagt er immer noch verwundert.

„Außerdem sind das alles Recherchen", sage ich grinsend, „das mit den Tanzgirls im Pub. Das kommt in den nächsten Roman."

„Und Gisela kauft dir das ab?"

„Nö. Aber isso!"

Damit ist das leidige Thema erledigt.

Der Abend klingt aus wie der gestrige. Wir hören Musik, reden über Literatur, den norwegischen Autor, den er entdeckt hat, über Reggae und Mozart, ich plaudere ein bisschen aus dem Nähkästchen und verrate ihm meine neuesten Projekte, von den drei Krimis erzähle ich, die inzwischen meine finanzielle Basis bilden, und dass ich nie gedacht hätte, dass eine Reihe daraus wird.

Wir werden müde, der Kiefer wird lahm, wie früher. Es geht gegen halbzwei, als wir uns entschließen, den Tag zu beenden.

„Heut schläfst *du* im Bett", sagt Nick und legt sich gleich das Plaid auf dem Sofa zurecht.

Ich gehe noch unter die Dusche, entspanne beim warmen Gerinnsel auf meiner Haut und dem Frischeduft des Duschgels, schlüpfe angenehm müde unter die baumwollene Decke und bin eingeschlafen, noch bevor im Wohnzimmer das Licht erlischt.

Dritter Tag

Am Morgen weckt mich die Sonne. Ich schaue aus dem Fenster. Blauer Himmel und ziehende Wattewolken. Ein blitzblanker irischer Tag.

Im Wohnzimmer pfeift Nick vor sich hin und hört Mozart.

Ich habe keine frische Unterhose, habe ja nur für die Tage in Dublin gepackt. Egal. Es hat etwas wohltuend Anarchisches, in die Unterhose von gestern zu schlüpfen.

„Ich weiß auch nicht", sagt Nick fröhlich, als ich mich an den Tisch setze. „Ich fühle mich heute irgendwie gut."

„Das kommt vom Erzählen", sage ich.

„Das kommt von dir, alter Freund", sagt er.

Ich winke ab. „Ich höre bloß zu und verlautbare nichtswürdige Meinungen."

„Hier, du Nichtswürdiger, trink deinen Tee."

Ich nehme den ersten Schluck. Das hat mir im Dubliner Hotel gefehlt: eine kräftige heiße Morgentasse irischen Tees.

Ich recke und strecke mich und fühle mich wach, aber erschöpft.

„Sag mal", meint Nick und streicht sich schon wieder seinen Toast mit Nutella. Er hat das erste Glas schon leer. Er schnupft und guckt ernst.

„Würdest du mir vergeben?"

„Ich? Du meinst an Monas Stelle? Sicher nicht."

„Wieso nicht?", fragt er konsterniert.

„Ich könnte es nicht. Ihre Sicht der Dinge ist genauso berechtigt wie deine. Das ist es ja."

„Na gut. Aber an deiner Stelle?", bohrt er weiter.

Ich begreife, was er wissen will.

„Du bist und bleibst mein Freund. Wieso sollte ich dich verurteilen? Ich weiß ja, wie du bist. Nichts von dem, was du mir erzählt hast, hat mich wirklich überrascht. Nichts, was Menschen mir erzählen, überrascht mich wirklich."

„Aber ich hab Rose immer noch nicht aufgegeben", meint er, hat den bestrichenen Toast in der Hand und zögert.

„Ist mir klar."

„Ich glaub, ich bin süchtig nach ihr."

„Und das nennst du Liebe?"

„Ist Liebe nicht so?"

Ich nehme Butter und Orangenmarmelade auf meinen Toast.

„Und du glaubst nicht, dass ich auf dem Weg des Todes bin? Dass der Chef mich verstoßen hat?"

„Ich glaube, du hast da eine Erfahrung gemacht, wie sie wenige Christen machen. Du hast Schuld erfahren, im tiefsten Sinn. Du hast dein Unvermögen erfahren, sie zu verhindern. Du hast deine Auflehnung erfahren und deine Ohnmacht. Du bist aus deinem Leben herauskatapultiert worden und musst dich völlig neu orientieren. Das alles ist eine unglaubliche Chance, dazuzulernen."

„Was lernen?"

„Was Gnade ist."

„Und du meinst, das machen nicht viele?"

„Ich denke, viele Christen schotten sich gegen die Möglichkeit von Schuld in ihrem Leben ab. Sie leugnen sie oder nehmen sie zu leicht. Oder nehmen sie zu schwer und vergessen, dass sie aus der Vergebung leben. Aber echte Schuld erfahren und trotzdem nicht an sich verzweifeln, die eigene Unfähigkeit erkennen und trotzdem erleben, dass man von Gott geliebt ist – das ist eine durch und durch spirituelle Erfahrung."

„Kaum bist du wach, predigst du wieder", sagt Nick anerkennend.

„Soll sein", sage ich und verknuspere die letzte Ecke meines Toasts.

„Ich liebe das", sagt Nick und strahlt. „Die erste Tasse Tee am Mogen und reihenweise tiefe Weisheiten. Das hat mir gefehlt, alter Freund! Wir sollten zusammenziehen."

„Jau. Komm nach München. Großstadt wird dir gut tun. Du kannst neu anfangen, keiner kennt dich oder hat irgendwelche Erwartungen an dich. Einen Job als Plattenverkäufer findest du allemal."

„Du sagst Sachen!"

„Sag mal", fällt mir da ein, „kann ich dich irgendwie unterstützen? Du hast doch mit dem Unterhalt für die Kinder sicher genug am Hals."

Ich habe damit gerechnet, dass er aus Stolz ablehnt, aber er ist vernünftig genug, Hilfe anzunehmen.

„An was hättest du denn gedacht?", fragt er sachlich.

„Ein monatlicher Zuschuss für eine bestimmte Zeit. Oder eine größere Summe, falls du Starthilfe brauchst. Viel wäre es nicht, als Schriftsteller komme ich gerade so über die Runden. Aber wir haben ja zusätzlich Giselas Verdienst. Das müsste ich natürlich mit ihr absprechen."

„Wird mir das nicht für den Unterhalt der Kinder angerechnet?"

„Soweit ich weiß nicht. Es wäre eine persönliche Zuwendung, die musst du nicht angeben. Natürlich hab ich keine Lust, deine Alimente zu zahlen!"

„Vielleicht komm ich wirklich darauf zurück", sagt er nachdenklich.

„Wozu hast du heute Lust?", frage ich.

„Wandern", sagt er. „Ich brauch Bewegung."

Wir schmieren uns wieder ein paar Sandwiches und fahren zum Visitor Centre. Von dort queren wir das Gelände und holen uns beim Information Office der Nationalparkverwaltung ein Faltblatt, in dem die Wanderwege rund um Glendalough verzeichnet sind.

Nick wählt einen aus. Elf Kilometer, vier Stunden, fünfhundert Meter Höhenunterschied.

„Schaffst du das?", fragt er mich.

„Denke schon."

Wir gehen zum Wasserfall, einer Wasserbahn im Hang, in der der Bach talwärts schießt. Es stiebt und rauscht. In Kehren ersteigen wir auf der Steintreppe die Höhe durch den Eichenwald. Schöne, lichte Säle, im Laub flirrt das Sonnenlicht. Wo der Waldboden ohne Unterholz ist, blühen Seen von Blaustern, Buschwindröschen und Sauerklee. Ich zeige Nick, dass man sie essen kann. Milder, saurer Bissen, die Blättchen zergehen im Mund.

Manchmal führt der Pfad durch Dickichte aus Stechpalmen und Haselbusch, Farne büscheln überall mit ihren Wedeln und geben ein Tropenflair, das nicht hierherpasst.

Spechte hört man im Wald und dünne Falkenschreie. Schließlich sind wir oben, ich muss mich ausruhen.

Der Weg führt nun am Talrand entlang nach Westen. Dort soll man gute Aussicht über Glendalough und die Seen haben.

Es tut gut, im Wald zu gehen. Am ersten Aussichtspunkt öffnet sich die Landschaft zu einem unerwarteten Tiefenraum. So flach das Tal unten wirkt: Hier sieht man den von Gletschern ausgeschliffenen Trog deutlich. Die Talsohle mit den eiszeitlichen Gewässern; die mit Kiefern und Fichten bestandenen Hänge; die Hochfläche mit den sanften Bergkuppen.

Von hier oben sieht es kahler aus. Irischer. Wir kommen aus dem Wald auf eine kieferbestandene Heide hinaus, mooriger Boden, manchmal sind Bohlen gelegt. Der blaue Himmel dehnt sich weit über die Insel.

Ein echter irischer Tag, denke ich. *Irish Day* fällt mir ein, der Song von Iona. Auf der Live-Doppel-CD zuhause. Ich pfeife den Song vor mich hin, als wir dem Pfad über Kiefernwurzeln hinweg folgen.

Nick pfeift auch vor sich hin. Sein Schritt ist beschwingt, selten in den letzten Tagen. Er schaut hierhin und dorthin, breitet manchmal die Arme aus und atmet tief ein. Immer wieder sieht er Winkel und Plätzchen, die wir uns anschauen sollten, und lotst mich dorthin. Tausend Ideen kommen ihm, was wir heute Abend, dem letzten Abend, machen könnten.

Er erzählt von Luka und seinem Musikladen in Galway. Er hört sich zuversichtlich an, abenteuerlustig, voller Tatendrang.

Im Grunde steckt er voller Energie. Diese Lebenskraft in ihm hat mich immer beeindruckt. Manchmal ist er eine Kerze, die an beiden Enden gleichzeitig brennt. Er will viel und öffnet sich, um es einzulassen. Er hat ein Gespür für Kraftflüsse und feine Schwingungen. Seine Begeisterung für Schönes und Kunstvolles steckt an, ich werde im Handumdrehen mit ihm einig, und gemeinsam will man Projekte angehen und Vorhaben planen.

Er steckt mich an mit seiner Lebenslust. So liebe ich ihn. So tut er mir gut. Mit solchen Leute, denke ich, auf den Bohlen trabend durch das irische Hochland, möchte ich mich mehr umgehen. Solche Leute, solche Freunde brauche ich. Ich vertrockne noch an meinem Schreibtisch in Garching. Er bringt mich auf Ideen und inspiriert mich zu neuen Werken. Ruckzuck haben wir eine Geschichte entworfen zu dem Wort „Kirschblütenzimmer", das ihm heute Morgen eingefallen ist. Der Titel allein lässt uns die Hauptfigur, die Zeit, das Setting, den dramatischen Konflikt erfinden

So geht das hin und her, wenn wir zusammen sind. Jetzt verstehe ich besser, wer er eigentlich ist. Wie viele gute Seiten er hat. Wie sein Leben verlaufen würde, wenn er nur nicht immer um Anerkennung, um Akzeptanz kämpfen müsste.

Ja, er ist ein Kämpfer. Ein *fighter*, sagt er selbst. Nicht kraftstrotzend und muskelbepackt, sondern tänzelnd wie ein Schmetterling und zustechend wie eine Biene. Er duckt sich, weicht aus, deckt ab. Wartet auf seine Chance. Seine Linke ist fürchterlich.

Ich treibe den Vergleich weiter, wir müssen lachen. Das hört er gern.

Ich bin ja auch so ein Einzelkämpfer. Habe mir

meine Nische erstreiten müssen. Das ist es, was uns verbindet. Das ist es, was mir weiterhilft. Dann vergesse ich meine Angst vor Veränderungen, vor drohenden Krisen und Umwälzungen. Dann klebe ich nicht mehr so fest an Sicherheit und Beständigkeit, die ich sonst im Alltag brauche, um schreiben zu können. Dann wäre auch mir möglich, in die Karibik zu fliegen oder nach Schweden zu ziehen oder in Südfrankreich ein Haus zu mieten und das halbe Jahr dort zu bleiben. Dann könnte ich Gisela ermutigen, ihre Weiterbildung zu machen und selbständig zu werden. Dann würde ich den finanziellen Engpass, wenn alles von meiner Schreiberei abhängt, wagen. Dann würde ich wieder, wie ich es in Hamburg gemacht habe, durch München gehen und die Leute beobachten, Begegnungen haben und Menschen treffen, nach Geschichten forschen und Schicksale aufspüren. Wie damals bei Nadine. Dann würde es wieder Spaß machen zu leben. Dann wäre ich wieder jener Matthew, den Nick immer beschwört, jener Andere, der in mir steckt und nur selten zum Aufblühen kommt.

Ja, solche Menschen wie Nick brauche ich um mich herum. Das sollte ich ihm mal sagen, damit er weiß, dass er nicht bloß Schaden anrichtet.

Ich frage ihn, wie sein Leben nach der Trennung von Mona weitergegangen ist. Mittlerweile traute Mona ihm alles zu. Als er mittwochs immer keine Zeit hatte, verdächtigte sie ihn, als Stricher Geld zu scheffeln, allen Ernstes. Und einmal drohte sie ihm, wenn er Lilly oder Fenja zu nahe träte, dann würde sie ihn umbringen. Manchmal machte ihn das fuchsteufelswild, und er wurde fast handgreiflich. Ohnmächtig stand er diesen Verleumdungen gegenüber und konnte nicht fassen, was sie tatsächlich von ihm dachte. Wie war das nach fünfzehn Jahren Ehe möglich?

Aber in Wirklichkeit ging er nur zu den Afrikanern. Ins Kamerun, einem Café und Club, in dem viele Rastas und Migranten verkehrten, schwarz wie Schokolade und im Innern voller Rhythmus, voller Musik, denn deshalb ging er hin. Er liebte die katzenhafte Lässigkeit der Leiber, er liebte es, wie sie tanzten, wie sie die Musik aufsogen und ihre Glieder biegsam machten, den Hochmut ihrer Bewegungen, das breite weiße Lachen im dunklen Gesicht.

Als Weißer hielt er sich nicht schlecht, manche attestierten ihm eine durchaus „schwarze" Beweglichkeit, und seine rotgelbgrünen Armbänder kamen gut an. Er lernte neue Leute kennen, Mustafa etwa, der aus dem Sudan geflohen war und nun seit zwei Jahren auf seine Abschiebung wartete, oder den Griot, der in der Lübecker Fußgängerzone am Rathaus trommelte, ihm die Hand auf die Schulter legte, hey, Nick, was geht?, oder Nicole, die Frau vom Wirt, die ihn einspannen wollte für das Afrika-Festival im August.

Er ging gern hin. Auch hier fragte keiner nach seiner Vergangenheit. Er konnte seine Schirmmütze tragen, seine Rastalocken, sein Marley-Konterfei auf dem T-Shirt, und keiner sagte ihm, dass er auf dem Weg des Todes sei. Nur Fenja fragte ihn einmal, ob der Mann auf dem T-Shirt der Böse sei, wegen dem er die Mamma verlassen habe.

Mona hasste Marley. Sie verstand nie, warum Nick als Christ Gefallen an so etwas Heidnischem

132

fand. Sie wollte die Kinder davon fernhalten. Pappa hat sich mit dem Teufel eingelassen.

Ich schaue Nick an. „Das ist jetzt nicht wahr", sage ich.

„Voll wahr", bestätigt er. „So war sie aber schon immer, seit die Kids da sind. Sie hat immer furchtbare Angst, dass sie oder die Kinder auf Abwege geraten."

„Das grenzt an Paranoia", sage ich erschüttert.

Dann erzählt er weiter, wie er auf dem Afrika-Festival im August aushalf und beinahe die ganze Organisation aufgehalst bekam.

„Sala keba, Matthew!", sagt er und hebt lässig die Hand. „So verabschieden sich die Afrikaner untereinander."

„Sala keba, Nick! Und was heißt das?"

„Soviel wie: Pass auf dich auf!"

„Ja, du: Pass auf dich auf! Schau immer genau hin, mit welchen Leuten du dich umgibst! Und mach einen großen Bogen um Christen!"

„Jetzt bist du aber hart", sagt er und lacht.

„Isso!"

In der Schule war bald etwas durchgesickert. Einmal war Mona gekommen und hatte Rose in der Kantine zur Rede gestellt. Und einmal wartete Roses Mann vor der Schule auf Nick und warnte ihn davor, Rose weiter zu sehen. Und so etwas wolle Christ sein, sagte er sichtbar angeekelt. Nick wurde vor den Rektor zitiert, der ihn direkt fragte, ob er und Rose ein Verhältnis hätten. Für eine christliche Schule wäre das natürlich nicht tragbar. Beide leugneten, aber von da an wurde er geschnitten. Sie gaben ihm eine neue Gruppe, ohne Partner, nur mit einer FSJ-Kraft, und als er Schwierigkeiten damit hatte, gleichzeitig die Gruppe zu führen und den Freiwilligen anzuleiten, hieß es, sie wüssten nicht, ob sie ihn überhaupt noch halten wollten.

Seinen lockeren Erziehungsstil hatten sie immer nur geduldet. Das war nicht das, was sich die fromme Leitung für ihre Schüler vorstellte. Schließlich gehe es ja darum, dass Gott ein klares Bild davon gab, wie Kinder sein sollten, und das hatten die Lehrkräfte weiterzugeben. Es gefiel ihnen nicht, wie Nick herumlief, seine lässige Art war aufreizend und zudem kam er oft zu spät. Er lieferte ihnen Ansatzpunkte. Rose ließ man in Ruhe. Nick war ja der Verführer, der ihr den Kopf verdreht hatte.

Bevor sie ihm kündigen konnten, ging Nick von selbst. Eines Tages, als seine Vorgesetzte ihm wieder einmal seine Defizite vorhielt, nahm er einfach seine Jacke, drehte sich um und ging. Mitten in der Arbeitszeit. Sagte kein Wort und ging – damit war es endlich vorbei.

Lange war er zum Glück nicht arbeitslos. Nach zwei Monaten bekam er einen Vertrag bei einer städtischen Schule, auch Nachmittagsbetreuung, und dort wusste man seine lockere Art und sein Auftreten zu schätzen. Die Kids kamen aus Migrantenfamilien und sozialen Brennpunkten, und seine Schirmmütze, die sie ihm an der evangelischen Schule vermiest hatten, wurde zu seinem Markenzeichen.

Aus dem Rosenbusch musste er raus. Nicht nur, weil der Freund ihn verächtlich abkanzelte – wieso fühlt sich eigentlich jeder bemüßigt, frage ich Nick, über dich ein moralisches Urteil abzugeben? –, sondern auch, weil ihn der Rosenbusch zu sehr an Rose erinnerte. Besonders die Diele, eine Bauernhausdiele, in der es nach feuchter Erde und Holz roch und wo er bei jedem Heimkommen an jene Nacht denken musste, als Rose vorbeigekommen war und sie dort standen, im Dunkeln, in den Fenstern das Licht der Straßenlaterne, und nur der Duft als Fährte, der Geruch der Diele und der Duft von Roses Haut, von ihrem Parfüm, und ihre Lippen und Hände an ihm, ihre Haare in seinem Gesicht, standen eine Stunde lang und küssten sich, sie wollte ihn nicht mehr loslassen, und dann gingen sie die Hintertreppe hinauf in sein Zimmer, das er dort hatte, und sie blieb fast die ganze Nacht.

Daran wollte er sich nicht mehr erinnern. Er fand eine neue Bleibe, eine Einliegerwohnung in der Nähe vom Gutshaus, immer noch in Mönkhagen, aber Rose respektierte sie und klingelte nicht bei ihm, wenn sie auf abendlichen Spaziergängen vorbeikam, um ihn im Licht der Stehlampe im Sessel sitzen und lesen zu sehen.

Jeden Freitag nahm er die Kinder, weil Mona da Chor hatte. Eigentlich sollte er sie auch sonnabends nehmen, weil dort oft Veranstaltungen in der Gemeinde waren, aber er behielt noch den Aushilfsjob im Musikdepot und hatte keine Zeit. Warum bist du nicht wie andere Väter, beklagte sie sich, die am Wochenende für ihre Kinder da sind.

Aber wenn sie dann bei ihm waren, gingen sie zum Türken am Lübecker Bahnhof, wo die Mädels schon ihre Lieblingsgerichte hatten. Der Wirt kannte Nick, weil er ihm einmal eine Marley-CD geschenkt hatte, einfach so, damit sie sich beim nächsten Mal über die Musik unterhalten konnten. Oder sie bestellten Pizza und schauten sich Filme auf DVD an oder jammten, Fenja auf der Blockflöte und Lilly mit der Gitarre, schrieben Lieder oder spielten einfach, bis Fenja müde wurde und auf dem Bett einschlief.

Nicks Engagement in der Gemeinde hatte ich noch am Rande mitbekommen, bevor ich mit Gisela wegzog. Er kann gut mit Kindern, das merkte ich. Er spielte mit ihnen Theater und machte Musik. Er lehrte sie keine Theologie, sondern wollte jedes machen lassen, was ihm gut tat. Der Pastor hatte ihn geschätzt für seine Mitarbeit, aber als Ehebrecher war er natürlich für den weiteren Gemeindedienst untragbar.

Auch der Freund, mit dem er lange Zeit im Duo gespielt hatte, Piano und Gitarre, ging auf Distanz. Zwei CDs hatten sie aufgenommen, Konzerte gegeben in verschiedenen Gemeinden, aber er sagte ihm eines Tages, dass er nicht mehr mit Nick gemeinsam auftreten könne. Er verstehe sowieso nicht, wie Nick seine Lieder ernst meinen und gleichzeitig so in Sünde leben konnte. Anfangs wollte Nick es ihm erklären, wollte ihm die Geschichte begreiflich machen. Er scheiterte an denselben eisernen Regeln, wie sie alle befolgten. Sie wollten die Geschichte nicht hören, sie wollten nicht in Gefahr kommen, Verständnis zu haben. Dafür, dass einer die Sünde nicht lassen kann. Dafür, dass einer sich sehenden Auges ins Verderben stürzt. Das war beunruhigend. Das war bedrohlich. Wenn so etwas nachzuvollziehen wäre, dann würde einen ja nichts mehr davor schützen, das Gleiche zu tun. Der Freund bot ein seelsorgerliches

Gespräch an, um ihn zur Einsicht zu bringen.

Freunde waren ihm keine geblieben. Jeder fragte Mona in der Gemeinde mitfühlend, wie es ihr gehe, aber keiner rief bei Nick an. Wie sollte es einem Ehebrecher denn schon gehen? Der vergnügte sich natürlich mit seiner Neuen und kümmerte sich um nichts mehr. Keiner besuchte ihn, um sich die Sache aus seiner Sicht erzählen zu lassen. Alle Frommen ließen ihn fallen. Nicht erst nach ernsthafter Prüfung des Sachverhalts, nach selbstlosen Bemühungen, nicht in liebevoller Sorge um sein Seelenheil, nein, nur wegen des gefällten Urteils.

Und dann war Nick wieder einmal im Hofgang bei den Zaubermäusen, bei Grace, die er dort kennenlernte und mit der er an der Bar plauderte, als nichts los war. Sie sagte, sie komme aus Jamaica und wolle da auch wieder hin, wenn es klappt, nächstes Jahr. Er gefiel ihr, und sie fragte ihn, ob er nicht mitkommen wolle. So einen wie ihn treffe man nicht oft.

Das hat er dann ja getan.

„Was für ein Leben!", schwärme ich.

„So witzig fand ich das nicht."

„Du fällst immer auf die Füße", sage ich, „weißt du das? Wie damals auf deinen Reisen mit Luka. Das imponiert mir an dir, Nick! Ich würde mich solche Abenteuer nicht trauen."

„Hab ich dir von Paris erzählt?", fängt er an, „wo wir hingetrampt sind ohne einen Pfennig Geld?"

„Hast du, Nick, hast du. Aber sag: Was war das mit Grace?"

„Das war nichts, Matthew. Ich hab ihr einfach gefallen, und ich mochte sie auch sehr gern. Es hat gut getan, mit einer Frau zusammen zu sein, die mich schätzt.""

„Wie bei Rose?""

„Völlig anders. Grace wollte nichts von mir. Ich war alles andere als ein Märchenprinz. Und ich wollte nichts von ihr. Wir hatten keinerlei Ansprüche aneinander, und in Jamaica blieben wir eine Weile zusammen, weil es sich so ergab. Sie war für diese Zeit so eine Art Gefährtin, verstehst du?""

„Und heute?""

„Ich bin ihr dankbar. Ohne sie wäre ich aus Mönkhagen nicht rausgekommen. Ich hätte es einfach nicht gepackt. Ich brauchte Abstand. Musste zu mir selber finden. Und sie hat immer gesagt, was für ein feiner Mann ich sei. Das hat sie immer gesagt und gelacht dabei, so neckisch, als wär sie meine Schwester.""

„Sie ist in Jamaica geblieben?""

„Nehme ich an. Wir haben uns dann aus den Augen verloren. Sie hat mich in ihre Familie eingeführt und in den Freundeskreis, den sie da noch hatte. Das Kennenlernen geht ja ruckzuck, du wirst jemandem vorgestellt, der dich wieder jemandem vorstellt, du wirst mitgenommen zu diesem oder jenem Verein. Das hat mir geholfen, Fuß zu fassen ...""

„Mensch, Nick", sage ich.

Ich weiß auch nicht, was mich so rührt. Vermutlich die Unwahrscheinlichkeit, wie er aus der ganzen Geschichte herausgefunden hat. Dass er es letztlich geschafft hat. Dass er nicht untergegangen ist. Dass er Leute getroffen hat, bei denen es ihm besser ging als bei den ganzen frommen Heuchlern und Sittenwächtern in Mönkhagen. Ich gönne es ihm von Herzen.

Und als wir weitergehen, bis ans Ende des Tals, wo der Weg nach Südwesten abbiegt, erinnere ich mich an seine Erzählung von Luka und ihrem Paris-Trip. Das waren nicht bloß Reiseanekdoten, das war eine Welterkenntnis voller Bitterkeit und Angst, die ihn bis heute prägt.

Nach dem Tod seiner Schwester ging Nick auf Reisen. Trampte nach Griechenland, nach Irland, nach Finnland, mal mit Luka, mal allein. Das Geld dafür verdiente er sich in den Pausen dazwischen, in denen er heimkam. Er arbeitete als Tankwart, Pizzabäcker, auf dem Bau und überführte Siebeneinhalbtonner für eine Autovermietung.

Einen Herbst und Winter lang hatte er einen Job als Chauffeur für einen Vertreter für medizinische Ultraschall-Geräte, der seinen Führerschein abgeben musste. Nick bewarb sich auf eine Anzeige und bekam den Zuschlag. Er hatte Zeit und kutschierte den seriösen Herrn in ganz Deutschland herum.

Im Februar fünfundachtzig, da war Nick gerade achtzehn, kam er mit Luka auf die Idee, nach Paris zu fahren, nicht gerade mit keinem Pfennig, aber bloß mit fünfzig Mark in der Tasche. Europa umsonst. Nick wollte ausprobieren, wie weit es mit der Hilfsbereitschaft der Menschen her war und ob sie das schaffen würden. Sie hatten keine Ahnung, worauf sie sich einließen.

Im Februar war es noch kalt. Es schneite. Stundenlang standen sie an den Autobahnauffahrten und Rasthöfen und hielten abwechselnd den Daumen raus. Endlich nahm sie ein Lastwagenfahrer mit, sie saßen im Warmen und konnten sich das Schneetreiben von drinnen anschauen. Der Fahrer setzte sie in den Vorstädten von Paris ab.

Nun ging das Abenteuer los. Ein Horrortrip, nennt es Nick noch heute. Erlebnisse, auf die er gern verzichtet hätte. Zu den Obdachlosen am Gare du Nord legten sie sich nachts dazu, weil sie keine Unterkunft fanden, es stank nach Urin, der Dreck stand knöcheltief, man hängte seinen Ärmel in Weinpfützen, manche hatten Kopfkissen aus gefüllten Mülltüten. Am nächsten Tag zogen sie weiter durch Paris, es war saukalt, bald holten sie sich eine Erkältung und schnieften vor sich hin, die Knie wurden zittrig und der Hals brannte. Sie übernachteten in Torbögen und Zugängen zu Innenhöfen, da zog es nicht, aber der Stein war eisig. Nick holte sich eine Nierenbeckenentzündung, an der er heute noch laboriert. Frühmorgens weckte sie der Hausmeister mit Fußtritten, sie verstanden seine Schimpfworte nicht, aber freundlich war es nicht gemeint.

Zwei Tage hielten sie durch. Dann wollten sie zurückfahren. Lukas Vater hatte angeboten, sie abzuholen aus Paris, aber sie wollten nicht, dass er Recht behielte mit seiner pessimistischen Einschätzung. Sie mussten sehen, wie sie allein zurück kamen, mit mittlerweile noch zehn Mark in der Tasche. Irgendwer musste ihnen doch helfen.

Sie suchten in der Metro Zuflucht, wo es warm war, aber da gerieten sie in einen regelrechten Überlebenskampf mit den Obdachlosen, jeder versuchte, mit Betteln und Schnorren etwas zusammenzukratzen, und immer wieder die vor Angst und Ekel abweisenden Gesichter der Passanten. Sie hatten sich mittlerweile mehrere Tage nicht waschen können und stanken entsprechend. Bei den Bouquinisten an der Seine bummelten sie zwischen den Ständen, wurden aber verdächtigt, antike Bücher geklaut zu haben, und im Haus Dortmund im Studentenviertel der Sorbonne warf man sie hinaus, als Luka seine Springerstiefel auszog und seine blutenden Füße zeigte.

Zu der Zeit gab es eine Reihe von Attentaten auf Burger King, und als sie dort einmal über einen Zaun abhauen wollten, wurden sie von der Polizeistreife geschnappt. Die Bullen knallten sie auf die Motorhaube, schraubten ihnen die Arme auf den Rücken, ertasteten bei Nick ein Buch und brüllten etwas von Rauschgift.

Sie zogen die Pistolen. Nick hielt das nicht mehr aus, strampelte sich frei und brüllte sie an, auf Deutsch, ob es jetzt dann genug sei, unglaublich, wie sie behandelt würden, und zum Beweis, dass sie mit Rauschgift nichts zu tun hatten, griff er in seine Jackentasche und wollte das Buch herausholen.

Ringsum klickten die Entsicherungen, einer der Bullen rief *Attention!*, und erst als Nick ein Reclam-Bändchen mit Stücken von Empedokles herauszog, entspannten sich die Mienen.

Die Bullen trollten sich, sagten ihnen aber auch nicht, wie sie nach Hause kommen konnten. Sie zogen weiter durch die Straßen, eine Bugwelle ausweichender Passanten vor sich her, hatten Hunger, schon lange nichts mehr gegessen, froren, waren am Ende.

Aber das Schlimmste, sagte Nick später, das

Schlimmste war, dass keiner mit ihnen redete. Alle wandten sich stumm ab. Sie waren keine Menschen mehr. So schnell kanns gehen, dachte er damals. So schnell bist du draußen, am Rand, im Abseits. Kleiner Mann, was nun? Ohne Geld bist du nicht mehr zivilisiert.

In La Garenne versuchten sie es auf dem Lkw-Verladeplatz, vielleicht könnten sie dort eine Rückfahrt nach Deutschland kriegen, aber der Platz war gähnend leer. Kein Mensch weit und breit. Schnee, Morast, Maschendrahtzäune. Eine verrammelte Bude. Stapel von Lastwagenreifen. Die Spuren abgefahrener Sattelzüge hatten sich in den gefrorenen Schlamm gegraben.

Einmal gerieten sie in die Nähe eines Sintilagers und dachten sich, warum es nicht dort einmal probieren. Aber ein Schäferhund entdeckte sie, die Ketten klirrte, das geifernde Gebell alarmierte bärtige Männer in Lederjacken, die gelaufen kamen und Messer zückten. Sie fragten nicht lange, sondern gaben Fersengeld.

In der Nacht saßen sie wieder in einem heruntergekommenen Treppenhaus, wo es wärmer war, und hörten hinter den Türen die Leute ihr geordnetes Leben leben: Geschirrklappern, Stimmen vom Fernseher, das Rauschen des Wasserhahns. Luka hatte Schüttelfrost und fantasierte. Er wollte immer aufstehen und nach Hause gehen, Nick rüttelte ihn und versuchte ihm zuzureden. Gegen Morgen zitterte er erbärmlich, und Nick wusste nicht mehr, was er tun sollte. Das war ein Augenblick, wo er komplett am Ende war. Tiefer konnte man nicht sinken. Er heulte dort in dem Treppenhaus und verfluchte die naive

Vorstellung, wegen der sie sich auf die Reise gemacht hatten.

Nein, dachte Nick in diesen Stunden. Von den Menschen kannst du nichts erwarten. Wenns drauf ankommt, musst du dich allein durchschlagen. Es war die Hölle.

Schließlich hakte Nick seinen Freund unter und verließ das Treppenhaus. Er ging mit ihm durch die Straßen, nur um in Bewegung zu bleiben. Als es hell wurde, fanden sie eine Spedition, die Touren nach Deutschland fuhr. Dort holten die Lkw-Fahrer sie herein und gaben ihnen heißen Kaffee. Sie warteten, geduldig und erschöpft, und ein Ludwigsburger nahm sie dann tatsächlich mit.

Wieder in Deutschland, in Ludwigsburg, landeten sie am Bahnhof. Sie hatten sich inzwischen aufgewärmt, das letzte Geld war weg, trampen ging um diese Uhrzeit nicht mehr. Auch in Deutschland war es saukalt, und da saßen drei in einem Wartehäuschen und tranken Tee aus Thermoskannen, hatten die Tür verrammelt und ließen sie nicht rein.

Luka hämmerte an die Scheibe und erzählte, woher sie kamen und was sie erlebt hatten, aber die Leute glaubten ihnen nicht. So was gibt's nicht, sagten sie. Ohne Geld in Paris? Im Winter auf der Straße geschlafen, freiwillig? Das gibt's nicht.

Schließlich gab Luka auf. Eine weitere Nacht im Freien schafften sie nicht mehr. Luka rief seinen Vater an, der holte sie mitten in der Nacht vom Bahnhof ab, erschrak über den Zustand, in dem sie sich befanden. Nick hätte besser auf seinen Freund aufpassen sollen, sagte er, überhaupt sei das eine bescheuerte Idee gewesen.

Als Nick heimkam, legte er sich erst einmal ins Bett. Aber schlafen konnte er nicht. Er zitterte immer noch am ganzen Leib, nicht wegen der Kälte. Dann brach es aus ihm heraus, und er heulte zwei Stunden lang, konnte nicht fassen, was er da erlebt hatte.

Darüber, sagte Nick, habe ich bis heute keinen einzigen Song gemacht.

Wir haben das Ende des Tals erreicht. Der Upper Lake liegt ausgebreitet, in die Gletschermulde gebettet, tiefblau, unter uns. Die Hänge sind kahl, der Weg führt weiter durch baumloses Gelände.

Am Horizont sind Bergkuppen sichtbar, graublaue Erhebungen über grünbraunem Land.

„Guck mal, der da drüben", sagt Nick und deutet mit dem Finger. „Der sieht ganz nah aus."

„Und?"

„Sollen wir da nicht rüberlaufen? Hat man sicher einen tollen Rundblick."

Ich weiß nicht recht. Ich bräuchte wieder eine Pause, die Beine sind schon schwer. Außerdem sind wir im Nationalpark, ich weiß nicht, ob man die Wege verlassen darf. Und ich habe nicht die richtigen Schuhe an. Überhaupt ein Zufall, dass ich für Dublin Turnschuhe eingepackt habe.

„Los, Matthew, das machen wir!" Nick ist ganz kiebig.

„Wenn das Nötigen denn kein Ende nimmt", sage ich.

Wir verlassen den Bohlenweg und schlagen uns querfeldein. Bald merken wir, dass das, was wir für eine verwilderte Wiese gehalten haben, eine knietief mit Buschwerk bewachsene Heide ist. Der Fuß sinkt in die Büsche ein, bleibt am Gezweig hängen, trifft auf große runde Steine, rutscht ab, findet auf den schmalen Erdstreifen kaum Halt. Der Boden ist nass, Pfützen haben sich gebildet, kleine Wassersenken und Erdlöcher. Manchmal, in Senken, geht die Heide in Sumpf über, die Schuhe laufen voll, bald kann ich nicht mehr.

Nick trabt voraus, aber auch sein Schritt ist schon schleppender geworden.

Das wäre im Sommer alles voller Stechmücken, denke ich. Zum Glück schlüpfen die erst später.

„Hey, Matthew!", ruft Nick entgeistert. „Ich steh bis zu den Waden im Wasser!"

„Schwimm doch ein paar Züge!"

„Shit!"

Wir staksen weiter, die Beine immer schwerer, ich keuche schon. Das Stück zum Berg hin sah aus wie ein Kilometer über glatte Wiese, und nun entwickelt sich das Ganze zum Survivaltrip.

Auch Nick atmet schneller. Als ich zu ihm aufgeschlossen habe, schauen wir nach unserem Berg aus. In den Schuhen quatscht das Wasser und ist schon warm geworden.

„Der Berg kommt nicht näher, Nick", sage ich.

„Shit! Ist wohl doch weiter entfernt, als es aussieht."

Weit und breit kein Mensch mehr zu sehen. Drüben, an einem Hang, weidet irgendetwas Kleines, Braunes in einer schütteren Herde.

„Was ist das wohl?", frage ich.

„Hirsche", sagt Nick. „Die gibt es hier."

„Und jetzt?"

„Jetzt steigen wir auf den Hügel da vorn und gucken uns die Lage an."

Auch der Hügel ist nicht leicht zu erreichen. Er hat eine steile Flanke, an der der blanke Stein hervortritt, nass vom gestrigen Regen. Granit, wenn ich mich nicht irre.

Oben setzen wir uns in die Büsche. Der Hosenboden wird feucht, wir legen unsere Regenjacken unter. Der Wind geht hier frisch und kühl, aber die Sonne brennt.

„Ich hab Hunger", sage ich.

Während wir essen, schaut Nick in die Gegend. Unser Berg hat sich jetzt hinter einen Wall aus Hügeln verkrümelt. Das Gleichmaß der Formen täuscht. Das sind mindestens zehn Kilometer bis dahin.

„Das war wohl nix", sage ich kauend.

„Das erinnert mich an eine Bergbesteigung in Connemara", sagt Nick. „Den Ben Gariff. Da war ich mit Mona in Irland. Hab ich dir davon erzählt?"

„Nee. Lass hören. Und wann war das, als du den Everest ohne Sauerstoff bestiegen hast?"

„Blödmann. Nein, der Ben Gariff war ein Gipfel innerhalb einer Bergkette, die in Hufeisenform um einen Fjord gelagert war. Alle Gipfel so um siebenhundert Meter. Den wollte ich an einem Nachmittag besteigen, allein. Mona blieb im Hostel zurück, sie hatte für sowas keinen Sinn.

Ich also los, herrliches Wetter, ziemlich warm, parkte den Wagen und hatte so einen Weg vor mir wie wir gerade. Sah aus wie eine wilde Wiese. Ich hatte mir vorgenommen, den Berg von der Westseite her zu nehmen, wo er am steilsten war. Unterwegs traf ich einen Iren, so einen alten, zahnlosen mit Mütze. Der erklärte mir in seinem irischen Englisch, dass der Ben Gariff Teufelsmutter hieß und am besten von Norden her zu besteigen war. Ich hörte natürlich nicht darauf. Ich wollte ihn von Westen nehmen, und der Alte lächelte bloß.

Die wilde Wiese entpuppte sich natürlich als Heide, so wie hier, und war stellenweise sumpfig. Die Sonne brannte, ich war losgegangen ohne Rucksack, ohne Proviant, weil ich gedacht hatte: Den schaffst du in drei Stunden. Bloß meine dicke Irlandjacke hatte ich an, die war viel zu warm für das Wetter.

Mit jedem Schritt scheuchte ich die Stechmücken auf, Millionen Steckmücken, wovon leben die bloß, dachte ich, wenn die keinen Touristen kriegen? Die flogen mir ins Gesicht, setzten sich auf die Hände, krabbelten mir ins Genick – furchtbar war das!

Als ich am Fuß des Ben Gariff ankam, war ich schon ziemlich fertig. Aber ich wollte es schaffen. Ich hab manchmal so Anfälle von Ehrgeiz, das kennst du ja. Jedenfalls klettere ich da hoch, pumpe wie ein Maikäfer, und gerade an der steilsten Stelle, als ich schon auf allen Vieren durchs Gestrüpp kroch und mich an den Felsen festhielt, fing mein Körper an schwach zu werden. Die Knie zitterten mir, dass ich sie nicht ruhighalten konnte. Arme und Beine waren wie Pudding, ich keuchte, mir wurde schwindelig und übel. Das war ein richtiger Schwächeanfall. Mir war so elend, dass ich mich bloß noch ausstrecken und liegenbleiben konnte.

Ich dachte wirklich, ich komm hier nicht mehr

weg. Ich müsste liegenbleiben, um zu sterben. Kein Mensch weit und breit, mein Körper ließ mich im Stich, ich hatte eine trockene Kehle und mir war ganz flau im Magen.

Da lag ich und konnte nicht mehr. Ich fing an zu heulen, heulte nach Sanne, das weiß ich noch, Sanne, bitte hilf mir, ich will nach Hause!"

„Und wie bist du wieder hochgekommen?"

„Ich blieb einfach liegen und heulte mich aus. Dann ging es wieder. Bis zum Gipfel hab ichs noch geschafft, dann bin ich im Norden wieder runter und zurück zum Auto. Ich war ganz ausgedörrt, als ich am Wagen war. Da lag alles drin: Rucksack, Proviant, Wasser.

Ja ja, hab ich gedacht: Da kommt so ein Tourist aus Deutschland und will die Teufelsmutter besteigen, und sie hats ihm heimgezahlt." Er lacht.

„Die Teufelsmutter besteigen", sage ich. „Das kann man auch anders verstehen."

„Klar! Das hab ich dann auch geschnallt. Alles Sexsymbole, die Bergsteigerei!" Und er lacht sich scheckig.

„Zum Glück sind wir heute vernünftiger", sage ich. Auch meine Knie kann ich im Augenblick nicht ruhig halten.

„Das würde ich nicht unbedingt unterschreiben", meint er grinsend.

„Du hast ja ganz schön was mitgemacht, auf deinen Reisen. Hast du da eigentlich auch Mädchen kennengelernt?"

„Hier und da. Hab ich dir von Siiri in Finnland erzählt?"

„Ja. Es gibt nichts, was du mir nicht erzählt hast."

„Mann, das war so ein Erlebnis! Da wäre mein ganzes Leben anders verlaufen, wenn ich mich damals anders entschieden hätte. Das war auch so ein Schicksalsmoment."

„Die Frauen fliegen wohl auf dich."

„Matthew, ehrlich, ich bin kein Aufreißer! Das musst du mir glauben. Ich bin bloß nett. Was soll ich denn machen?"

„Das hab ich gemerkt. Deine Art, nett zu sein, weckt irgendetwas bei den Frauen."

„Wann hast du das gemerkt?"

„Na, bei der Kassiererin im Supermarkt vorgestern, und gestern bei der Kellnerin im Pub. Mit mir langweiligem Spießer hätte die sich nicht so ausgiebig beschäftigt."

„Meinst du? Quatsch!"

„Kein Quatsch! Du hast etwas an dir, glaub mir! Deine lässige Art. Der Geruch von Freiheit und Abenteuer, der dir anhängt. Das Rebellische. Und dabei bist du keine Dumpfbacke oder ein Macho, sondern so ein sensibler Einzelgänger. Das mögen sie, glaube ich. Gerade jetzt, wo du wieder ledig bist."

Nick mampft seinen Sandwich zu Ende und denkt nach. Er nimmt einen Schluck aus der Wasserflasche. Ein Schwarm Raben kreuzt die Einöde und lässt Rufe hören. Plötzlich sind wir ganz allein.

„Weißt du was? Du könntest recht haben. Wenn ich so drüber nachdenke ...

Als ich ausgezogen war, hat sich in der Schule eine alleinerziehende Mutter in mich verliebt. Und eine Woche später treffe ich eine Jugendfreundin wieder. Wir waren damals ein halbes Jahr zusammen.

Die wäre bereit gewesen, ihren Mann wegen mir zu verlassen. Hab sie echt gern gehabt, aber sie war eben nicht Rose."

Ich beneide ihn nicht. So eine Anziehungskraft kann viel Komplikationen ins Gefühlsleben bringen. Bei mir war es immer umgekehrt: Ich musste mich immer um die Frauen bemühen. Ich konnte mir nicht vorstellen, dass sich mal eine von selbst für mich interessiert.

Bei Nadine war das anders. Zum ersten Mal. Ich verstehe das bis heute nicht. Sie war jung und hübsch, gerade mal vierundzwanzig. Sie studierte Religionswissenschaft. Sie fand, man könne Religion am besten lehren, wenn man selber nicht religiös sei. So hats angefangen. Ich hab gemerkt, dass sie nicht einfach Ansichten hatte, sondern sich Gedanken zu den Dingen machte, und sie hat gemerkt, dass ich viel wusste und viel gesehen hatte. Für sie war ich ein alter Weiser, aber nicht so alt, dass sie mich nicht attraktiv finden konnte.

Ich weiß auch nicht recht, was das eigentlich war. Ich ließ einfach die Zügel schleifen, wollte mir mal keine Gedanken machen und alles hin und her abwägen. Ich genoss den Augenblick. Wenn wir zusammen waren, zählte keine Zeit, ich hatte das Gefühl, in einer anderen Welt zu leben. Mit ihr war alles so einfach.

Letztlich bedeutete es nichts. Es hat nicht mehr bedeutet als die paar Wochen, die es dauerte. Morgens zog ich los und traf mich mit ihr an ihren freien Tagen, im Café jobbte sie bloß Teilzeit, neben dem Studium her. Wir bummelten durch die Innenstadt oder machten Ausflüge in die Umgebung. Gisela

sagte ich, dass ich endlich meine literarischen Streif-
züge wiederaufgenommen hätte, die mir nach dem
Umzug verlorengegangen waren. Sie hielt das für ein
gutes Zeichen und machte sich keine Gedanken,
wenn ich erst um sieben oder acht zurückkam. Mein
Moleskine diente mir als Alibi.

Ja, ich hab sie belogen. Aber das waren Neben-
sächlichkeiten. Ich betrog sie ja nicht. Nadine nahm
Gisela nichts weg. Im Gegenteil: Ich fühlte mich
vollständiger. Nadine fügte etwas zu mir hinzu. Ja,
ich war ein Matthew, vielleicht hat es damit zu tun,
wie mich Nick mit seiner Lebenslust immer ansteckt,
ich weiß es nicht.

Eigentlich habe ich mir bis heute keine Rechen-
schaft darüber abgelegt. Ich hatte mich ja ständig im
Griff. Möglich, dass ich mich ein bisschen verliebt
hatte. Aber mir war nie der Gedanke gekommen,
Gisela zu verlassen oder mit Nadine künftig mein
Leben zu verbringen. Darum ging es gar nicht.

Worum ging es dann?

Ich sagte mir, dass das alles nichts zu bedeuten
hatte. Deshalb verschwieg ich es Gisela. Deshalb hab
ich es auch glatt vergessen, bis jetzt.

Vielleicht steckt da ja auch eine Geschichte dahinter. Verhaltensmuster. Ein begrabener Traum.

Aber das war alles völlig ungefährlich. Ich habe
die Sache ja auch selbst beendet. Oder? Wie war das
damals? Ja, doch, ich sagte ihr, dass das alles ja zu
nichts führt, und sie brauchte Zeit und Ruhe für ihre
Abschlussprüfungen, so wars, glaub ich. Sie wollte
nicht mehr auf mich warten. Wartete sie? Sie sah ein,
dass das alles zu nichts führte.

Ich konnte sie gehen lassen, das war kein Problem. Ich hatte mich ja im Griff. Anders als Nick. Ich war schlau genug, mein Lebensglück nicht an einen anderen Menschen zu hängen. An einen Traum. Ich habe mein Glück, meine Sicherheit an Gisela gehängt, und dabei bleibt es.

Aber es stimmt schon: Irgendwas muss mir gefehlt haben.

Fehlt mir das immer noch?

Ich habe nie mit Gisela darüber gesprochen.

Wir lassen uns noch ein wenig den Wind um die Ohren blasen. Dann machen wir uns auf den Rückweg zum beschilderten Wanderpfad. Dort, auf den Bohlen, leere ich das Wasser aus meinen Schuhen.

Inzwischen erinnere ich mich genau an die Geschichte mit Siiri.

Mit Luka war Nick in Finnland unterwegs, Land der tausend Seen und so. Sie mieteten einen Kanadier und paddelten von See zu See. Das Boot hatte Luka Raskolnikov getauft, abends schlugen sie ihr Zelt auf und campierten.

Meist auf unbewohnten Inseln, und abends beim Lagerfeuer fühlten sie sich wie Huck Finn.

Einmal, in der Nähe von Turku, trafen sie eine Gruppe Jugendlicher, die am Ufer saßen im Gras und feierten. Bierflaschen gingen herum, einige hatten Gitarren dabei, das sah so ganz anders aus als das, was sie von den Finnen gehört hatten: streitlustig, trunksüchtig, depressiv und verschlossen vom Leben in der Polarnacht. Dort entdeckte Nick ein Mädchen, das sie tags zuvor im Vorbeifahren in einem buntbemalten Käfer gesehen hatten. Ein

Blick, der länger dauerte als nötig.

Nick sah sie und meinte zu Luka, komm, da gehen wir hin. Sie hätten auch weiterziehen können und am Fährhafen warten. Der Blick irgendeiner Fremden aus dem Auto heraus brauchte nichts zu bedeuten. Aber Nick spürte, dass das wieder so eine Fügung war. Das Mädchen erkannte ihn wieder, freute sich sehr, Nick wusste nicht, wie ihm geschah, sie ließ ihre Freundin sitzen, nahm seine Hand und ging mit ihm abseits, an ein stilles Stück Wiese am Wasser, wo sie allein waren.

Sie umarmte ihn einfach und küsste ihn. So einen Mann wie ihn, sagte sie, habe sie zwanzig Jahre lang gesucht. Sie schaute ihm in die Augen, da war so viel Zärtlichkeit und Lebensfreude, dass Nick sich verliebte.

Er hatte drei Stunden bis zur Fähre nach Deutschland. Was sollte er tun? Er konnte doch nicht einfach hierbleiben, Luka allein zurückfahren lassen. Es schien ganz einfach. Dieses Mädchen, das ihn an der Hand nahm, mit ihr mitgehen, und er bliebe in Finnland verschollen. Ein Märchen. Ein Traum. Aber er ging fort wegen Luka, der war schließlich sein Freund, er wollte ihn nicht hängenlassen. Du musst wiederkommen, sagte Siiri zum Abschied, du musst.

Also fuhr er mit der Fähre nach Deutschland zurück, wechselte die Wäsche, packte Proviant ein und fuhr gleich wieder nach Turku.

Siiri fiel ihm um den Hals. Er war tatsächlich wiedergekommen. Sie hatte Angst gehabt, war verzweifelt gewesen, hätte nicht geglaubt, dass er es ernst meinte.

Sie meinten es den ganzen Sommer lang ernst. Er wohnte bei ihr in Turku, sie fuhren in die Sommerhütte eines Freundes, sie liehen sich ein Kanu, sie flogen mit dem Wasserflugzeug über den See, sie lagen bei mittsommerlicher Helle im Bett und liebten sich, Siiri kochte für ihn, ging arbeiten, er vertrieb sich die Zeit und wunderte sich dauernd darüber, was mit ihm geschah.

Soll das nun so bleiben?, fragte er sich. Einfach nach Finnland auswandern? War Siiri die Frau fürs Leben? Es hatte sich alles so reibungslos ergeben, es hatte sich gefügt ohne Widerstand, das konnte nur die große Liebe sein. Er liebte das Mädchen, aber natürlich war sie ihm noch fremd. Sie konnten sich nur auf Englisch unterhalten, und von ihrem ganzen Umfeld bekam er wenig mit.

Er war vernünftig genug, nicht einfach auszuwandern, sondern kehrte im Herbst nach Deutschland zurück. Er verdiente sich etwas Geld und besuchte sie dann im Winter. Aber die Romanze war mit dem Sommer verschwunden.

Die Stadt war öde und grau, der Himmel ständig bedeckt, es war nur drei Stunden am Tag hell. Siiri war depressiv und hing viel zuhause herum. Er entdeckte, dass sie trank, den wasserklaren Aquavit aus den Flaschen mit dem blauen Etikett. Sie hatte Angstanfälle und war tagelang völlig verstört. Sie erzählte ihm ihre Lebensgeschichte und erzählte, dass ihr Vater sie als Kind missbraucht hatte. Sie erzählte von ihren Therapien, die sie gemacht hatte, und dass sie Medikamente nahm. Sie erzählte ihm, dass sie seit zwanzig Jahren auf einen Mann wie ihn gewartet hatte.

Nick war wie betäubt. Er begriff nicht, was vorging. Was hatte sich da so verändert? War das noch das gleiche Mädchen? Er blieb und wusste nicht warum. Vermutlich nur wegen Siiri. Er merkte, dass sie ihn brauchte, und er wollte helfen. Er wollte nicht schnöde sein und einfach wieder abhauen. Er fühlte sich gebunden durch den Sommer, den sie miteinander verbracht hatten. Er verstand, was Siiri von ihm erwartete, aber je länger er blieb, desto weniger wollte er diesen Erwartungen genügen. Er war nicht Siiris Traummann. Er war Nick Minners aus Deutschland, der selber genug mit sich zu tun hatte.

Eines Tages dann stellte ihn Siiri vor die Entscheidung: Entweder Nick heiratete sie und bliebe in Finnland, bei ihr, oder er müsse gehen. Sofort. Eine Fernbeziehung könne sie unmöglich führen, er sei der Mann für ihr Leben, aber wenn er sie nicht heiratete, dann solle er lieber gleich gehen.

Von einem Tag auf den anderen warf sie ihn hinaus. Nick hatte keine Zeit, über ihren Wunsch nachzudenken. Aber es war ihm auch längst klar, dass er Siiri nicht heiraten wollte. Er hatte ein Märchen erlebt und an die große Liebe geglaubt. Er war nicht geschaffen, um dieser verletzten und kranken Frau Halt zu geben ein Leben lang.

Er stand draußen, seine Tasche in der Hand, und machte sich auf den Weg zum Fährhafen. Kopfschüttelnd fragte er sich, im kalten Winterwind und dem nassen Schnee, der fiel, es dämmerte schon wieder und die Stadt hatte tausend Lichter, was das nun gewesen war.

Hatte ihm das Schicksal diese Frau über den Weg geschickt? War das Märchen der Auftakt zu einer lebenslangen Verbindung gewesen? Und was hatte das Märchen zerstört? Wieso endete es nicht so, wie es begonnen hatte? Was war das für eine Fügung, die so in die Irre führte? Und was hatte er nun zurückbehalten? Die Erinnerung an einen wunderbaren Sommer, an eine fast vollkommene Liebe, und die Ernüchterung, die Enttäuschung, das Entsetzen über das Dunkel und den Abgrund, der sich darunter auftat? Bis heute weiß er es nicht. Bis heute hat er nur die Geschichte.

Wir nehmen die kürzeste Route zurück zum Wasserfall. Nick trabt neben mir her in seinem federnden Schritt, mir tun alle Knochen weh. Ich bin froh, als wir die Treppe hinunter sind und wieder am Information Office stehen. Den Weg zum Parkplatz schaffe ich auch noch.

Nick pfeift vor sich hin.

„Weißt du", sagt er, „ich bin froh, dass ich nach Irland gekommen bin. Das tut mir gut. Irgendwie werd ichs schon schaffen."

„Das mit Luka in Galway?"

„Und auch das mit Rose. Dass ich das endlich hinter mir lasse."

Im River House wartet alles still auf uns. Seltsam, wenn man heimkommt und viel erlebt hat und hier ist alles beim Alten. Dieses Apartment ist uns ein Zuhause geworden.

„Ich leg mich erst mal lang", sage ich. Als ich die Beine endlich ausstrecken kann, merke ich, wie kaputt ich bin. Ich bin nichts mehr gewöhnt. Ich liege und denke nach.

Von Nick draußen höre ich nichts. Einmal klimpern die Gitarrensaiten, dann ist es wieder still. Hunger habe ich keinen. Das letzte Sandwich habe ich nicht aufgegessen, jetzt reichts erst mal mit Weißbrot und Cheddar.

Tatsächlich bin ich dann kurz eingenickt. Als ich aufstehe und ins Wohnzimmer gehe, ist Nick nicht da. Er hat Tee gemacht, der steht ungetrunken auf dem Küchentresen.

Ich finde ihn draußen vor der Tür, auf der Bank. Er blinzelt in die Sonne.

„Ich hab dich schlafen lassen", sagt er.

Seine Stimmung ist umgeschlagen. Das sehe ich an seinem Gesicht. Der Blick geht nach innen, die Züge haben dieses Leidende, das überhaupt nicht zu ihm passt.

„Kommt alles wieder hoch, was?", sage ich.

Ich setze mich neben ihn. Die Sonne wärmt, der Wind fällt an der Hauswand ab.

„Ich hab noch mal über den Schutz der Ehe nachgedacht", beginne ich.

Er guckt in die Bäume und sagt nichts.

„Nicht jede Ehe ist schützenswert, das stimmt", fahre ich fort, habe die Gedanken schon bereitliegen. „Und natürlich gehören zu einem Ehebruch zwei, und es stimmt auch, dass man in eine gesunde Ehe nicht einbrechen kann. Aber doch trägt jeder dabei sein Stück Verantwortung, da kann sich keiner herausreden."

„Meinst du?", sagt Nick schwach.

„Und eine Ehe hat auch das Recht, einmal zu kranken. Dass Gott die Ehe allgemein schützen will, heißt in diesem Fall: Die beiden Partner haben das

Recht, ihre Ehe gemeinsam, allein, wieder zu heilen. Da darf kein Dritter sich hineinmischen. Und es stimmt, dass eine neue Liebe oft der Katalysator ist, der die Mängel in einer Ehe erst offenbar und fühlbar macht. Hier darf man nichts verwechseln."

„Rose hat erst gemerkt, was ihr fehlt, als sie mich getroffen hat", sagt er bedrückt. „Und umgekehrt. Aber das kann doch nicht der Sinn der ganzen Sache gewesen sein!"

„Das sechste Gebot meint", fahre ich unbeirrt fort: „Lass diese beiden Eheleute mit ihren Nöten und Sorgen in Ruhe! Du bist nicht der Retter, der aus einer unglücklichen Ehe erlöst. Du bist nicht der Freiheitsbringer. Das müssen diejenigen schon selber tun. Und wenn die Scheidung notwendig ist, um jemanden aus der menschengemachten Hölle zu erlösen, dann soll es so sein. Aber das geht dich nichts an! Vielleicht bist du Wegbereiter, vielleicht Werkzeug. Aber das gibt dir nicht das Recht, mehr zu wollen."

„Arschloch!", sagt er. Kurz scheint er wütend zu werden, ich habe ihn auch ein bisschen provoziert, aber Nick wird nicht wütend. Es braucht viel, bis er sich von mir in die Ecke gedrängt fühlt. Er lässt sich zu leicht Urteile auferlegen. Er nimmt es hin, wenn Leute Erwartungen an ihn stellen, und wehrt sich nicht. Steht nicht hin und sagt: Ich bin ich, und wie du mich haben willst, interessiert mich nicht!

Das wird mir in diesem Augenblick klar.

Stattdessen krümmt er sich zusammen zu einem Häufchen Elend und leidet. Das hat er nicht nötig.

„Manchmal bin ich einfach traurig", sagt er und schnupft. „Weil ich es nicht verstehe. Warum ist die große Liebe nicht in Erfüllung gegangen? Warum gibt es das?"

„Eine Liebe kann an vielem scheitern."

„Der Chef hat mich in dieses Auto steigen lassen. Er hat dafür gesorgt, dass Rose und ich uns über den Weg laufen. Warum hat er es scheitern lassen? Das ist es, was ich nicht verstehe."

Er ist wieder ins Loch gefallen. Steht wieder am Anfang. Das muss wohl so sein. Das kriegt man erst allmählich unter die Füße. So muss das drei Jahre lang gegangen sein.

Das mit der Überwindung der Depression fällt mir ein. Habe ich mal auf einem Aushang in einer Therapeutenpraxis gesehen. Bei der Depression fällt man immer wieder ins selbe Loch. Zuerst hält man es für Schicksal und kommt nur allmählich und mühsam und nicht ohne Hilfe wieder heraus. Beim zweiten Mal gibt man Anderen die Schuld, und man ist das Opfer. Beim dritten Mal schafft man es aus eigener Kraft und schwört sich, nicht mehr hineinzufallen. Man will das Loch meiden. Aber man steuert immer wieder darauf zu. Man kann nicht drumherum, sooft man die Straße auch langgeht. Schließlich sieht man ein, dass man die Straße selbst meiden muss. Das ist der Schritt zur Überwindung.

Eigentlich kann ich es gerade nicht ertragen, Nick so zu sehen. Vorhin war er noch der lebenslustige Abenteurer, und jetzt lässt er sich hängen wie ein schlapper Sack. Oder nein: Er verbeißt sich. Er verbeißt sich in das Leiden. Er kämpft damit herum. Das ist nicht Selbstmitleid, das nicht. Aber er lässt es nicht in Ruhe, er lässt sich selbst nicht in Ruhe.

Klar, würde er sagen, er ist ja ein *fighter*.

Aber diese Art Kampf ist aussichtslos. Reine Selbstzerstörung. Ich kenne das. Ich habe es selbst durchgestanden.

„Manchmal hab ich das Gefühl, dass der Chef mich auf dem Kieker hat", sagt er niedergeschlagen. „Zuerst hab ich ihn angefleht, dass er die Liebe zu Rose erfüllen soll. Dann, später, als sich dieser Zwiespalt mit ihr immer länger hingezogen hat, hab ich ihn nur noch um Befreiung gebeten. Aber auch das hat er mir nicht erfüllt. Ich meine, wenn er nicht will, dass ich diese verheiratete Frau kriege, dann kann er mir doch die Sehnsucht nach ihr wegnehmen, oder?"

Bevor ich etwas antworten kann, fährt Nick fort: „Ich habe nicht darum gebeten, dass er sich so um mich kümmert. Jetzt würde ich viel darum geben, dass er wieder woandershin schaut. Dass er mich in Ruhe lässt. Und wenn das alles dazu dienen soll, dass ich ihm näher komme, dann kann ich gerne darauf verzichten. So jedenfalls schafft er es nicht."

„Das klingt wie Hiob", sage ich. „*Er rennt gegen mich an wie ein Kriegersmann. Er gibt meinen Zähnen Kies zu beißen. Du kämpfst mit Gott um einen Sinn.*"

Nick schüttelt den Kopf. Wieder schnupft er. „Diese Liebe war ein Geschenk", beharrt er.

Ich stöhne innerlich auf. Er ist keinen Schritt weiter. „Das hatten wir doch schon", sage ich genervt.

„Aber es wäre darauf angekommen, was wir daraus machen. Ich meine, wozu ist so eine Liebe da, wenn nicht dazu, dass man das Leben miteinander teilt? Dass man zusammen ist? Warum konnte sie sich nicht entscheiden, ihren Mann zu verlassen und zu mir zu kommen? Wenn sie mich wirklich geliebt hätte, hätte sie das getan."

„Das hast du ihr immer wieder vorgehalten, oder?"

„In den letzten Wochen haben wir uns nur noch gestritten. Über ihren Gott, der von ihr verlangt, dass sie ihr Leben lang bei diesem Mann bleibt. Der die beiden zusammengefügt hat. Der sie verstößt, wenn sie sich von ihm trennt. Weißt du, das Verrückte daran ist, dass eine Scheidung möglich ist, wenn der Mann sie verstößt. Umgekehrt aber nicht. Doch ihr Heil verliert sie so oder so. Deshalb hat ihr Mann sie auch nicht verstoßen, weil er nicht will, dass sie ihr Heil verliert. Weil eine Ehe um jeden Preis erhalten werden muss, sind sie immer noch zusammen, quälen einander, haben keinen Funken Liebe mehr füreinander und vielleicht nie gehabt, sie hat ihn nur geheiratet, weil sie dachte, er sei vom Chef für sie bestimmt – ich meine, das ist doch alles *krank!*"

„Was ich nicht verstehe, Nick, ist, wieso sie sich dann überhaupt darauf eingelassen hat."

„Das verstehe ich ja auch nicht!", sagt er verzweifelt. „Es stimmt wahrscheinlich: Sie hat von Anfang an gesagt, dass sie sich nicht von ihrem Mann trennen wird. Und trotzdem hat sie immer wieder beteuert, dass ich die größte Liebe ihres Lebens sei."

„Was wollte sie von dir, Nick?", frage ich.

„Manchmal hat sie sich eine ganze Woche lang nicht gemeldet. Das war immer so. Plötzlich stand sie vor der Tür und hat sich in meine Arme geworfen, war anschmiegsam und zärtlich wie selten, meistens kam es dann zu Intimitäten, und dann ist sie erschrocken und hat gesagt, wir dürften das nicht tun und sie müsse in Zukunft wieder Grenzen ziehen. Und so hat sie mich sitzen lassen. Wenn sie sich dann nicht gemeldet hat, nicht mal eine SMS, verstehst du, das muss doch einmal am Tag möglich sein, dann bin ich fast durchgedreht. Ich dachte mir: Das wars jetzt. Jetzt hast du sie verloren.

Und wenn ich das dann geschrieben habe, kam eine SMS wie die: *Nur der Schmerz bewahrt die Tiefe der Liebe. Dich in meinem Herzen zu wissen ist aller Trost, den ich brauche.* Das ist doch Irrsinn!"

„So so", sage ich sarkastisch, „die Dame beherrscht also die romantische Tragödie auch. Schickt dir sibyllinische Botschaften und lässt Sprüche vom Stapel, die einen Novalis vor Neid erblassen ließen. Rapunzel im Märchenturm, die ihr Haar gerade nicht zum Fenster raushängt, damit nicht der Prinz plötzlich zum Fenster hereinsteigt und sie holen kommt, ihr Leben verändert, Traum mit Realität vermischen will. In diesem Märchen kommst du gar nicht vor, Nick! Und merkst du, dass es in dieser SMS immer nur um sie geht? Um ihren Schmerz? Um ihren Trost? Um ihr Herz?"

Ich werde wütend. Ja, ich will sie ihm ausreden. Wenn das nach drei Jahren noch geht. Ich kann es nicht mit ansehen, wie er wegen dieser Frau leidet.

„Sie hat gesagt", erwidert Nick, „allein dass es so eine Liebe einmal in ihrem Leben gegeben hat, dass sie nur einmal so geliebt, so angebetet wurde, dass ihr jemand vierzig Lieder geschrieben hat, wo ihr Mann doch immer behauptet, dass niemand sie lieben könnte – das alles gibt ihr die Kraft, die Ehe mit ihm auszuhalten. Das mache sie innerlich ruhig und stark, damit die wahre Liebe zu mir nie vergeht."

„Ehrlich gesagt, Nick, ich glaube, ich verstehe die Frauen nicht, wenn ich mir das so anhöre."

„Später, kurz bevor ich nach Jamaica bin, da hatten wir uns schon Wochen nicht mehr gesehen, da war der Abschied wohl endgültig, weißt du, sie hat ja viermal Abschied genommen, endgültigen, den letzen Kuss, das letzte Wiedersehen, und Tage später kam die nächste SMS oder stand sie vor meiner Tür im Rosenbusch und sagte, sie halte es ohne mich nicht mehr aus ..."

„Verlier nicht den Faden!", sage ich sachlich.

„Ja, da hat sie doch glatt per SMS von mir verlangt, dass ich ihr die vierzig Lieder schicke. Die seien wichtig für sie."

„Das kann ich mir vorstellen. Fürs Schatzkästlein, in das sie alle Erinnerungen an die einzige Liebe in ihrem Leben einschließt und in schwachen Stunden wieder hervorholt, um sich einen Silberstreif an den Horizont zu träumen."

„Ich war stinksauer. Was bildet die sich eigentlich ein? Ich hab ihr die Lieder natürlich nicht geschickt. Wer weiß, wer die dort in die Hände kriegt. Schließlich stecken da meine tiefsten Gefühle für sie drin.

Aber die Lieder galten auch nicht mehr ihr. Das war vorbei."

„Gut so."

„Ich habe leider den Fehler gemacht, ihr das alles zu sagen, in einer ellenlangen SMS. Darauf hat sie natürlich wieder reagiert, und wir sind an dem Punkt gelandet, an dem wir immer landen. Ich hätte nichts sagen sollen."

„Ich denke, Nick", sage ich, „du hast zeit deines Lebens gegen fremde Erwartungen gekämpft, hast sie übernommen und wolltest sie erfüllen, hast aber zugleich den Widerstand dagegen gespürt.

Manchmal ist dieser Widerstand so radikal geworden, dass du dich allem verweigert hast. Das sind so die Wendepunkte in deinem Leben. Dein Zorn gegen die Welt und die Menschen ist nichts anderes als der Wille, dich davon abzugrenzen und du selbst zu sein. So sehe ich das."

Nick schweigt. Das hat ihn getroffen.

Wie kann es sein, frage ich mich, dass er das nicht über sich weiß? Dass er seine eigene Lebensgeschichte nicht versteht?

„Einmal sind wir durch Langniendorf gefahren, in ihrem Auto, und da hat sie plötzlich in einem Radfahrer, den sie überholt hat, einen Mann aus ihrer Gemeinde gesehen. Sie hat sich zusammengekauert und krampfhaft weggesehen, damit er sie ja nicht erkennt. Ihr Gesicht, Nick, ihr Gesicht ... ! Das hättest du sehen sollen. Diese Angst darin, diese panische Angst vor Entdeckung! Es war ganz verzerrt, hart, richtig hässlich, obwohl sie doch so schön ist. Das hat mir einen Schock versetzt.

Und wenn sie frühmorgens kam und wir zusammen auf dem Bett saßen und uns küssten: Immer wieder das schlechte Gewissen, die Angst, dass ihr Mann etwas merkt, immer wieder hat sie gesagt: Es geht nicht mehr, Nick, ich kann das nicht mehr, und dabei diese Lust und diese Sehnsucht nach mir – es war einfach nicht auszuhalten!"

Ich will mich davon nicht beeindrucken lassen.

„Sie hat einmal gesagt, da ist sie immer ganz leidenschaftlich geworden, hat immer einen schmalen Mund gekriegt und die Augen blitzten, richtig fanatisch, Matthew ..."

„Das glaube ich gleich."

„Die Liebe Gottes fordert alles von uns, hat sie gesagt."

„Ja ja, das habe ich mir gedacht", fahre ich auf. „Im Gegenteil, würde ich als guter Evangelischer sagen: Die Liebe Gottes gibt uns alles! Sie befreit uns von allem. Sie gibt uns erst das, was wir nicht haben: die Fähigkeit, Gott zurückzulieben. Mann, Nick, wenn ich sowas höre, geht mir das Messer in der Tasche auf!"

Nick schaut mich an und grinst. Es tut ihm gut, dass er wenigstens jetzt diese Auseinandersetzung nicht allein führt.

Ich bin wütend, aber nicht mehr auf Rose oder die Frommen. Ich bin wütend auf Nick, dass er nicht genug Selbstachtung aufgebracht hat, um sich für solche Spielchen zu schade zu sein.

„Du hast dich nicht gewehrt", sage ich hart. „Du hättest besser auf dich aufpassen sollen. Aber dir hat dieses Anbetung-und-Erhörungsspielchen auch gut ins Konzept gepasst."

„Spinnst du jetzt?", fährt Nick auf. Aber er wird immer noch nicht wütend. „Das war kein Spiel!"

„Nein, ich weiß, das war blutiger Ernst. Aber es war eine Inszenierung. Eine Inszenierung deiner Seele. Es war Pathos und Leidenschaft, Unglück und Opferrolle. Es war naiver Götterglaube mit einem Schuss antiker Tragödie."

„Du willst sagen, das habe ich selber gemacht?"

„Warum glaubst du so fest daran, dass solche Gefühle nur von oben kommen können? Warum wehrst du dich dagegen, dass sie aus deinem eigenen

Innern kommen?"

„Ich hab solche Angst gehabt, sie zu verlieren", sagt Nick traurig. Ich sehe ihm die Erinnerung am Gesicht an. „Ich möchte das nie wieder erleben."

„Das brauchst du auch nicht", sage ich. „Du bist frei."

„Ich konnte mir ein Leben ohne sie nicht vorstellen", fährt er fort. Vielleicht hört er mir gar nicht zu. Vielleicht ist das nicht mein Part. „Matthew, Matthew, das war schrecklich! Kaum hat das Telefon geklingelt, zitterten mir die Hände. Ich bekam Schweißausbrüche, das Herz schlägt mir im Hals und mir wird übel. Das ist heute noch manchmal so. Als die Kinder einmal da waren, habe ich ihnen Tee eingeschenkt, und sie haben gefragt: Pappa, was ist denn mit dir los, weil meine Hände so gezittert haben, dass der Kannendeckel klapperte.

Ich hab zehn Kilo abgenommen in der Zeit. Ich konnte nachts nicht einschlafen und dachte immer daran herum, ob ich sie verlieren würde.

Einmal bin ich in Lübeck mit dem Fahrrad auf eine verkehrseiche Kreuzung hinausgefahren, bei Rot, einfach so, und wollte sehen, ob es mich erwischt. Wenn sie sich nicht gemeldet hat, bin ich fast wahnsinnig geworden. Ich hab bei ihr angerufen, hab ihr eine SMS nach der anderen geschickt, hab jede halbe Stunde nachgeschaut, ob ich keine Nachricht verpasst habe.

Die Kinder sehen mich so und begreifen, was vorgeht. Pappa, hast du die Frau lieber als die Mamma? Pappa, ich will hier bei dir bleiben. Ich will nicht zurück zu Mamma. Die schimpft immer über dich. Pappa, kommst du bald nach Hause?"

Er setzt sich wieder hin und vergräbt das Gesicht in den Händen.

„Ich hab das einfach nicht mehr ausgehalten. Einmal war Schluss."

„Hat ziemlich lang gedauert", sage ich lakonisch.

„Ach, Matthew!", sagt er. „Ich hätte dich gebraucht in der Zeit!"

Das lasse ich nicht gelten. „Du hättest mich jederzeit anrufen können", sage ich hart.

„Schon, aber ich hätte mir halt gewünscht, dass du dich von selber meldest. Ich wusste ja gar nicht, ob du noch mein Freund warst."

„Manchmal hörst du dich an wie ein altes Waschweib, Nick! Weißt du das?" Ich kann dieses Leiden und Verzweifeln einfach nicht mehr ertragen. Er jammert und heult dieser Frau hinterher, dabei hat er soviel Kraft und Lebensmut. Das ist nicht mehr er, denke ich erschüttert. Das ist ein Anderer. Ich sollte ihn zur Strafe Niklas nennen, so wie er mich umgekehrt Matthew nennt.

Ich kann Nick da nicht folgen. Ich sehe nur seine Lebensgeschichte und denke mir, dass trotz aller Rebellion und allem Widerstand auch eine masochistische Selbstzerstörung am Werk ist. Er hält sich selbst nicht für wert, das Glück zu finden. Er hält sich der Liebe, die er geschenkt haben möchte, nicht für wert. Er hat es ja selbst gesagt: Er hält sich nicht einmal für wert, am Leben zu sein.

„Du bist selber so eine Prinzessin, die hinter der Rosenhecke auf die Erfüllung wartet. Das Glück muss dir geschenkt werden. Wenn du es dir selbst erarbeiten musst, kann es nicht das wahre sein. Im Grunde bist du genauso eine Märchenprinzessin wie

Rose. Und weil du vor lauter Gefundensein dankbar sein musst, muss Gott als Urheber herhalten."

„Mensch, Matthew, hör doch auf ... !"

„Du bist eine richtige Primadonna, weißt du das? Sensibilität ist ja recht und schön, aber Überempfindlichkeit und Narzissmus sind nichts als Schwäche. Hat dir das schon einmal jemand gesagt?"

„Du wirst lachen", sagt er und lacht bitter.

„Ja, die Erwartungen, die jemand an dich hat, die schluckst du widerspruchslos, den Ansprüchen an dich gibst du Recht, weil du dich selbst nicht für liebenswert hältst so, wie du bist. Du gestehst dir selber nicht das Recht zu, Ansprüche an Andere zu stellen. Schau dir doch mal an, wie das mit Agnes und Mona gelaufen ist! Immer wollten dich alle anders, als du dich selbst wolltest. Jeder darf deine Grenzen überschreiten und dich in Beschlag nehmen für seine ganz privaten Besitzspielchen, und statt endlich Grenzen zu ziehen und zu sagen: Bis hierher und nicht weiter!, verkrümelst du dich in dein Schneckenhaus und deine kleine Künstlerwelt und leidest.

Zuletzt kannst du dich nur total verweigern. Das ist dein letztes und einziges Mittel. Dazwischen gibt es nichts.

Aber für deine berechtigten Ansprüche einzutreten, sie auszukämpfen, Kompromisse zu schließen und dich als Gleichberechtigter in Beziehungen zu behaupten – das ist ein Kampf, Nick, den du scheust. Stattdessen vergräbst du dich in deine schicksalhafte Opferrolle."

Wortlos steht er auf und geht weg.

Einfach über den Kies und zur Einfahrt hinaus, verschwindet auf dem Fahrweg hinter den Bäumen.

Ich drehe mich um und gehe wieder hinein.

Im Wohnzimmer setze ich mich an den Tisch und schenke mir Tee ein. Er dampft vor sich hin, während ich auf die dünnen Schwaden starre, gefangen im inneren Widerstreit.

Möglich, dass ich zu weit gegangen bin. Ich weiß auch nicht, ob das alles richtig ist, was ich sagte, ob ich das wirklich so meine. Es war auch eine Provokation, um ihn aus diesem Loch herauszureißen, in das er immer fällt. Um ihm zu zeigen, dass er dieses Schneckenhaus nicht nötig hat.

Und es war auch eine Grenze, die ich selbst gezogen habe. Ich wollte diesem sinnlosen Leiden aus Schwäche nicht mehr zusehen. Ich konnte und kann es nicht mehr ertragen.

Barmherzigkeit, ja. Jetzt wäre sie womöglich am Platze. Aber gerade jetzt kann ich sie nicht aufbringen. Vielleicht wollte ich ihm zeigen, was die echte Schuld ist, nicht nur die des Opfers übermächtiger Leidenschaften. Schuld aus Willen, aus einer Haltung heraus, mit der man sein ganzes Leben falsch gelebt und gedeutet hat. Die Schuld, die wirklich vergeben werden muss, die man sich selbst zu vergeben hat. Dafür, dass man ist, wie man ist.

Ich trinke den Becher leer und gieße nach.

Ich habe keine Ahnung, wann er zurückkommt.

Ich habe ihn gekränkt, das ist mir klar. Wir haben uns nach sieben Jahren wiedergesehen und sind jetzt drei Tage zusammen. Ich kann nicht wissen, ob unsere Freundschaft das aushält.

Aber nein, ich will das nicht mehr sehen. Ich

kann das nicht mehr hören! Nach drei Jahren heult er dieser Frau immer noch hinterher! Er hätte sich klar sein können, dass Gott das nicht will. Er hätte seine Ehe mit Mona auch ohne Rose auf die Reihe kriegen sollen. Er hätte es anpacken und die Wahrheit auf den Tisch bringen sollen. Dass er es mit Mona nicht mehr aushält. Dass er nichts von dem bei ihr gefunden hat, wonach er sich sehnt. Er hätte sich seine Fehler vorhalten lassen sollen und dann den offenen Austausch suchen.

Aber das ist leichter gesagt als getan. Mit Gisela ist das möglich. Wir sind soweit, dass wir uns anhören können, was dem anderen fehlt, und dass wir darüber reflektieren können, was wir selbst leisten können und was nicht. Wir kennen unsere Grenzen. Mona hätte ihn vielleicht nur verachtet. Das ist im Grunde schon alles.

Weil ich sonst nichts zu tun habe, fange ich an zu kochen. Ich könnte noch einmal Spaghetti machen, aber gerade ist mir nach etwas anderem.

Ich mache das, was ich in Studentenjahren Totalspeise nannte. Nick habe ich dazu öfter eingeladen. Er wird es erkennen, wenn er wiederkommt.

Ich brate den restlichen Speck, Zwiebel dazu, schneide dann Tomaten, einen Apfel und eine Paprika hinein, lasse alles ordentlich schmurgeln und gieße sechs geschlagene Eier darüber, bis es stockt. Gegessen wird aus der Pfanne mit Ketchup darüber.

Das erinnert mich wirklich an die Zeiten in meiner Bude. Jeder bekam eine Gabel und eine Hälfte der Pfanne. Wir nahmen, was da war. Manchmal auch Dosenfisch oder Orangen oder Käse. Alles in einen Pott. Keinen Teller, keine Schale. Nur die gusseiserne Pfanne mit dem holzverkleideten Stiel.

Ich schaufle das Zeug in mich hinein, reiße die Toastscheiben in Fetzen und tunke den Saft auf. Hinterher ist mir übel.

Ich nehme eine der Guinness-Dosen aus dem Kühlschrank und lasse mich in den Sessel fallen.

Er wird schon wiederkommen.

Ich und meine Theorien!

Vielleicht sollte ich mir wirklich abgewöhnen, anderen Menschen gleich die Geschichte ihres Lebens erzählen zu wollen. Langes Zuhören ist nötiger. Und überhaupt: Das ist alles ja wieder nur Interpretation. Nur eben meine. Wie komme ich dazu zu denken, ich wüsste die Geschichte besser zu deuten als Nick selbst?

Außerdem: der Balken im eigenen Auge.

Ich selbst habe einen blinden Fleck. Wenn ich bei der Sache mit Nadine genau wusste, was ich tat, und wenn mir nicht in den Sinn kam, Gisela zu verlassen: Warum habe ich es dann getan? Was hat mich dazu gebracht? Was hat mir gefehlt?

Ich habe darüber nie nachgedacht. Als es dauerte nicht, und später auch nicht. Da war es einfach vorbei.

Ich habe auch nie mit Gott darüber geredet. Irgendwie dachte ich, dass es schon in Ordnung geht, wie man das ja immer macht. Und dabei kann ich mich nicht einmal darauf herausreden, es sei Schicksal gewesen oder ein Gottesgeschenk oder dass mich die Leidenschaft überwältigt hat. Nein, ich wusste ja alles. Da hat man massenweise Theologie im Kopf und ist doch auf dem einen Auge blind. Ich war auch schlau genug, mein Lebensglück nicht an eine andere

Frau zu hängen. Ich wusste genau, was ich tat. Ich habe es nicht für Ehebruch gehalten, aber nichts anderes war es.

Ich hätte nie gedacht, dass mir das passieren könnte. Ich bin imgrunde kein Stück besser als Nick.

Da war einfach nur diese Leichtigkeit, wenn ich mit Nadine zusammen war. Wir brauchten an nichts zu denken. Ich konnte meinen Gefühlen trauen, denn um das große Glück ging es nicht. Vielleicht dann um das kleine. Um ein Stück Leben, das ich nicht ständig im Griff behalten musste. Das von selbst lief, wie es wollte, das ich laufen lassen konnte, vertrauensvoll, vertrauend auf eine höhere Macht, die mich nicht in die Irre gehen lassen würde. Ein Stück Leben, das frei war, ledig, vielleicht spielte ich den Ledigen, den Unbekümmerten, den Luftikus, für den das Leben plötzlich eine heitere Promenade ist. Ach, Nadine und ich hatten unsere eigene Inselwelt, aber sie musste sich nicht gegen Entdeckung abschotten, denn es gab nichts zu entdecken. Da waren einfach zwei Menschen, die Gefallen aneinander fanden.

Das hatte durchaus etwas Literarisches. Eine Komödie, ein Lustspiel im eigentlichen Sinn. Eine Kurzgeschichte, die im Irgendwo anfängt und im Nirgendwo endet. Ein Stück ohne Aufbau und Dramaturgie, ohne Botschaft und Moral.

Ich habe es genossen. Ich habe sie genossen, dieses junge Mädchen, das mich nicht kannte. Ich habe mich selbst genossen, wie es die Iren sagen: *enjoy yourself.* Das war keine Beziehung, die gepflegt und beaufsichtigt werden musste. Das war keine Arbeit, kein ständiges Beobachten, keine Angst vor Fehlern.

Das war völlig unbedroht und ungefährdet, ja, es war zutiefst ungefährlich. Kein Abgrund aus Verlust oder Verlorenheit drohte, es ging nicht um mein Leben und auch nicht um ihres. Es ging nicht darum, sich einzurichten und hauszuhalten und das zu sichern, was man vom anderen braucht.

Gisela ist die Frau, mit der ich mein Leben teilen will. Das ist ein Ernst und eine Verantwortung, aus denen ich selten heraus kann. Da geht es um meine Schriftstellerexistenz, um das tägliche Arrangieren und Überstehen, da geht es um grundlegende Geborgenheit und Wertschätzung. Da geht es um Ordnung, um Sicherheit. Das ist alles kein Spiel. Aber genau das war es mit Nadine.

Ich habe nie mit Gisela darüber geredet. Über die Enge und Starrheit dessen, was wir als unser gemeinsames Leben eingerichtet haben. Über den unerträglichen Ernst unserer Ehe.

Natürlich sind wir manchmal noch ineinander verliebt, und natürlich scherzen und albern wir miteinander. Aber dahinter steht für mich immer der Gedanke: durchkommen. Durchkommen durch diese Welt, mit Gottes Hilfe.

Dass die Welt und das Leben mal ein völlig nährwertfreies Stück Zuckerwerk sein kann, habe ich erst bei Nadine erfahren.

So jemand wie Nadine habe ich gesucht. Nicht ernsthaft, wie man Erfüllung sucht. Nein, ich habe gesucht, indem ich mir das Suchen verbot. Es sollte sich ergeben. Zwanglos, aus einer Laune heraus. Aber es war nicht bloß eine Laune.

Trotzdem: In die Tiefen meiner eigenen Lebensgeschichte hinabzusteigen habe ich hier, in Irland, im

Sessel auf Nicks Rückkehr wartend, keine Lust. Dazu brauche ich Ruhe.

Als Nick wiederkommt, schweigsam, verwettert, wird mir klar, dass wir jetzt auf Augenhöhe sind.

Er nimmt sich Tee, beäugt das Essen in der Pfanne, von dem ich ihm die Hälfte übriggelassen habe, gießt sich Tee ein, aber der Tee ist schon kalt.

„Entschuldige", sage ich in den Raum hinein. „Das war zu hart."

Er leert die Kanne und macht frischen Tee. Inzwischen geht es gegen Abend, das Licht draußen ist spät.

„Du brauchst dich nicht zu entschuldigen, Matthew", sagt er ernst. „Du hast ja recht."

„Ich weiß nicht, ob ich rechthabe. Das war nur meine eigene Deutung, und noch dazu übertrieben. Ich habe als Freund nicht das Recht, so etwas zu sagen."

„Doch", sagt er. „Als Freund hast du sogar die Pflicht dazu."

Als der Tee fertig ist, setzt er sich mir gegenüber auf das Sofa.

„War nur ein bisschen viel auf einmal", sagt er und lächelt.

Er hat viel nachgedacht, das merke ich.

„Ich muss darüber mal in Ruhe nachdenken", sagt er und schlürft aus seinem Becher.

„Ich muss auch einmal in Ruhe nachdenken", sage ich. „Es tut mir leid, dass ich es an Barmherzigkeit habe fehlen lassen."

Er kann nicht wissen, was ich tatsächlich meine,

er bezieht es auf meine Vorhaltungen und nickt.

„Wie sollen wir den letzten Abend verbringen?", frage ich.

Er zuckt die Schultern. Schnupft. Er sieht mutlos aus, als würde schon gar nichts mehr helfen.

„Sollen wir einen trinken gehen?"

„Ich hätte Lust aufs Meer", sagt er.

„Wo?"

„In Wicklow. Das hat einen kleinen Hafen."

„Gute Idee", sage ich.

„Dann machen wir das."

Er stellt den leeren Becher in die Spüle. Wir wollen beide noch duschen, bevor wir uns ins irische Nachtleben stürzen. Ich weiß nicht, ob er mir vollständig verziehen hat. Auch wenn er mir Recht gibt, war es doch unfair von mir.

Wir machen uns duftend und frisch rasiert auf den Weg. Draußen dämmert es allmählich. Die Frühlingsabende sind lange hell, auf den Straßen ist Verkehr. Es ist nicht weit bis nach Wicklow. Das Land geht schlafen, aber zum Meer hin wird es wieder wach.

Wir fahren in die Stadt ein, eine irische Stadt mit engen Gassen und einstöckigen Häusern in Pastellfarben. Wir kommen an Reihenhaussiedlungen vorbei und zum Hafen. Der Hafen ist ein Industriehafen mit einer Marina. Riesige Silos stehen gehen den Abendhimmel, Lagerhallen, verwaiste Kais, von einer Strandpromenade keine Spur. Erst als wir ganz hinausfahren, an der Marina vorbei, öffnet sich der Blick auf das Hafenbecken, das von zwei Anlegerbrücken eingefasst wird. Am einen Ende steht ein kleines Leuchtfeuer, rotweiß. Auf dem Parkplatz halten wir.

Nein, so wie ich mir das vorgestellt habe, wird es nicht. Kein Strandcafé, wo wir an Tischen im Freien sitzen und auf die belebte Promenade schauen. Stattdessen auflaufendes Wasser und Kaimauern, Felsen und Wellengischt, ein frischer Wind, der ein bisschen nach Salz riecht und nach Fisch.

Wir gehen den Anleger hinaus, werden nass von den Brechern, schauen hinaus aufs Meer. Da drüben liegt Britannien. Vereinzelte Lichter an der Kaistraße entlang, grelle Scheinwerfer drüben im Hafen, wo ein Schiff beladen wird.

Der Wind, die offene Wasserfläche tun gut. Bei Nick löst sich etwas. Er breitet die Arme in den Wind, schweigt aber. Wir gehen zurück und steigen auf Pfaden in die Klippen. Die Küste ist oberhalb von Wicklow recht steil. Ein altes Fort steht da, ein Ruinenzahn im Zwielicht, alte Kanonen schauen seewärts, wir sind nicht allein.

Einige sind gekommen und wollen den Abend am Hafen sehen. Die Sonne geht im Westen unter, über den Dächern der Stadt. Draußen vom Meer kommt blaue Dunkelheit.

Ein schöner Abschluss, denke ich. Ein wenig Melancholie, ein bisschen Wehmut, dass unsere gemeinsame Zeit schon zu Ende geht.

Wir flanieren noch ein wenig an der Marina entlang, die Boote drängen sich eng zusammen und reiben die Masten aneinander. Auf manchen Decks brennen Laternen, Leute sitzen zusammen und unterhalten sich.

Statt im Pub am Tisch zu sitzen, hole ich die letzte Dose Guinness aus der Jackentasche. Der Verschluss zischt, ich nehme den ersten Schluck. Eiskalt, wie es sein soll. Der Schaum zergeht im Mund. Obwohl ich weiß, dass Nick nicht trinkt, biete ich ihm die Dose an. Und tatsächlich nimmt er einen langen Schluck. Als er absetzt, hat er Schaum in den Mundwinkeln. Steht ihm gut.

„Ich dachte, du trinkst nicht", sage ich lächelnd.

„Ich mag Guinness. Ich trinke nur keinen Alk."

Wir sitzen auf der Kaimauer und schauen hinunter in die Wellen, die darum kämpfen, weiß gischtend gegen den Stein zu schlagen. Die Mauer ist jetzt blau, das Meer schwarz. Lichter spiegeln darin und zersplittern zu tausend Fassetten. Im Blau wandern Pärchen und Grüppchen die Straße entlang, manchmal hell ein Lachen oder ein leidenschaftliches Wort in der windverwehten Stille des Hafens.

Ich muss an Nadine denken. Seit zwei Jahren will ich mich zum ersten Mal an ihr Gesicht erinnern. Ich sehe ihr Lachen vor mir, ihr Kinn, die Himmelfahrtsnase, die ich so neckisch fand. Keine Sehnsucht. Nur die Wehmut, sie gekannt zu haben. Wie es ihr wohl geht? Was sie wohl gerade macht? Hat sie ihr Studium beendet, die Prüfung geschafft? Sitzt sie irgendwo in München in ihrem Arbeitszimmer und korrigiert Klausuren?

Seltsam, wenn man einen Einblick in ein fremdes Leben bekommen hat. Das reizt am Anfang, das fordert auf, das mobilisiert Kräfte und Fähigkeiten.

Natürlich haben wir uns auch geküsst. Das gab Herzklopfen, das war fremd und unvertraut und zugleich ungeheuer anziehend. Dieser ganz andere

Mensch, unzugänglich und doch wie eine Haut, in die man hineinschlüpfen möchte.

Ich liebe Giselas Mund, aber diese jungen Lippen zu küssen, das war wie süßer Nektar statt eines reifen Weines. Ein ekelhafter Vergleich! Ein typischer Männervergleich. Hat es eine Rolle gespielt, dass Nadine so viel jünger war? Ja, aber nichts mit frischem Fleisch oder zarter Haut. Das war etwas anderes.

Nadine hatte so eine Heiterkeit, eine Leichtgängigkeit wie ein Windrädchen, das sich ohne Reibung dreht. Um sie flirrten die tausend Möglichkeiten, die man mit vierundzwanzig noch hat. Ich meine nicht die tatsächlichen Optionen der Lebensplanung: Ich meine das Flair der offenen Zukunft. Das Unberechenbare. Das Offensein für Wunder und Überraschungen. Das steckte mich an.

Ich konnte ein Anderer sein in ihrer Nähe. Ich konnte selbst wieder an das Jungsein glauben, an ein Leben, das offen steht. Ich fühlte mich erleichtert um den lebenslang gewachsenen Ballast der Geschichte. Der Enttäuschungen und Erfahrungen der eigenen Grenze. Des Unvermögens und der Defizite.

Gisela hat viel mit mir durchgemacht. Sie hat es auf sich genommen und mir zur Seite gestanden. Sie sagt in einer Weise Ja zu mir, von der Nadine keine Ahnung hatte. Und gerade deswegen reizte mich das Gewichtlose daran.

Ich habe mich selbst verleugnet. Ich wollte ein Anderer sein. Ich wusste, dass ich ohne Gisela nicht dort wäre, wo ich war. Aber auch das verleugnete ich in diesen Momenten. Das ist furchtbar kurzsichtig und ungerecht. Aber ich wollte mich nicht mehr scheren um gerecht und ungerecht, um vernünftig oder verantwortungsbewusst. Ich wollte einfach. Ja: *ich* und *wollte*. Das ist imgrunde alles.

In diesem Augenblick spüre ich diese Sehnsucht wieder. Einfach alles abschütteln, die Jacke nehmen und einfach weggehen. Heraus aus Pflicht und Bindung, aus Erwartung und Erfüllung, aus Gelingen oder Scheitern. Die Welt einmal Welt sein lassen, die Liebe Liebe. Es war ja keine Liebe. Es war Lust. Lebenslust.

Ich blicke über den Hafen, ins Blau mit seinen gelben Lichtern. Sie geben ein Muster, ganz deutlich, aber ich kann es nicht entziffern. Eine schläfrige Botschaft, für die man nicht wach sein darf, sondern eingelullt, hellsichtig im Zwielicht, innerlich ganz still.

Die Flügel hängen lassen. Die Segel streichen. Oder, wie Nick sagen würde: die Deckung sinken lassen.

Nackt sein. Nackt sein dürfen, ohne dass es sich rächt. Ein Urvertrauen in dieses wohlige, rätselhafte Blau, aus dem nur Gutes kommen wird. Ja: kapitulieren.

Ich kämpfe meinen Kampf und habe mein Bestes gegeben, wollte gewinnen, da erlahmen die Kräfte und ich weiß, eine Runde noch höchstens. Ich denke: Du darfst nicht aufgeben, du kannst noch gewinnen, aber dann plötzlich, subversiv, der Gedanke: Warum eigentlich nicht? Wofür quäle ich mich so? Was ist am Verlieren so schlimm? Ich lasse die Deckung sinken, kassiere den K.O.-Treffer, das tut weh, aber schon gehe ich auf die Bretter, werde angezählt, die Leute pfeifen, was wollen sie eigentlich von mir, sie sind enttäuscht, aber – mein Gott! – wer bin ich, dass ich nicht enttäuschen darf? Wer täuscht sich nicht?

Ich habe es dann einfach hinter mir, werde aufstehen und duschen gehen und mein Kinn verarzten lassen, und dann werde ich in der Kneipe ein kaltes Bier trinken und weiterleben. Ohne Kampf. Einfach leben.

Vielleicht ist mir Gott dann egal, der Gott, der immer etwas von mir fordert, es wird nicht so sein, dass ich ihn ablehne oder leugne, aber so, dass es ihn gibt und mich gibt und dass schon irgendetwas daraus entstehen wird. Das geht ganz von selbst.

Das Leben ist ein Karussell, jeder jagt nach Glück oder sonstwas, und solange ich kämpfe und hoffe und will, drehe ich mich mit, aber dann steige ich einfach herunter und kehre dem Ganzen den Rücken zu.

Nick sitzt neben mir und schaut hinaus aufs Meer. Dort draußen wird es jetzt einsam. Tanker ziehen als Lichtercode im Dunkel, unleserliche Nachrichten aus einer fernen Welt.

Ich lege ihm den Arm um die Schultern.

Er nimmt meine Hand und drückt sie.

„Hast du mir noch einen Schluck?", fragt er.

Wir sitzen, bis uns die Ohren schmerzen. Dann lassen wir das Auto stehen und gehen zu Fuß in die Stadt zurück. Wir spielen Fußball mit der leeren Dose und nehmen die Hauswände als Banden. Als wir an einem Imbiss vorbeikommen, knurren uns die Mägen.

Drinnen riecht es nach Bratfett und Fisch. Wir

nehmen zweimal Fish'n'Chips, Nick schüttet sich ordentlich Essig über die Pommes.

Wenig los in dem neonbeleuchteten Kabuff, wir sitzen am Tisch und mampfen schweigend, wischen uns die Hände mit den Servietten. In der Tür verabschieden wir uns. *Enjoy yourself,* sagt der Wirt tatsächlich.

Abschied

Der letzte Morgen. Wir packen das Wenige wieder ein, das wir ausgepackt haben. Nick mit seiner Gitarre wird mir fehlen. Überhaupt wird mir vieles fehlen. Die Aussicht aus dem Fenster zum Beispiel. Die Steinbrücke zwischen Bäumen. Das Stück Himmel darüber. Unsere Gespräche. Es ist ein Aufenthalt hier gewesen, zwischen Gestern und Morgen.

Wir lassen die unangebrochenen Lebensmittel hier, das Übrige wird weggeworfen. Ein letzter Tee am Tisch, wir trinken schweigend. Abschiedsstimmung. Mein Flug geht um sechzehn Uhr zwanzig, Nick wird sich den nächstmöglichen nach Shannon suchen.

Als wir die Taschen ins Auto laden, erkenne ich, dass das nie wiederkehren wird. Es war eine einzigartige Zeit. Selbst wenn wir noch einmal hierherkommen würden, später, und uns einmieten, würde es nicht das Gleiche sein.

Während der Fahrt nach Dublin plaudern wir vor uns hin. Die Landschaft ist noch immer frühlingshaft, und zum ersten Mal, seit ich in Irland bin, freue ich mich auf den bayrischen Frühling. Ich habe Lust, mit Gisela Ausflüge zu machen. Oder in die Pinakothek zu gehen, wie mich Gisela schon lange gelöchert hat.

Als wir uns Dublin nähern, wird mir flau im Magen. Flughäfen, denke ich. Aufbruch. Abschied. Altes geht, Neues kommt. Oder besser: Das Alte gilt nicht mehr und das Neue ist noch nicht wahr. Zwischenwelt. Da sind wir gewesen, drei Tage lang.

Wir geben den Wagen bei der Autovermietung

ab. Ich zahle, dann buchen wir Nicks Flug. Der geht um halbzwei, wir haben nicht mehr viel Zeit, bevor er zum Check-In muss.

Wir sitzen in den Sesseln der Lounge und schauen dem Getriebe zu.

„Zurück aufs Karussell", sage ich.

„Ja, uns wieder im Kreis drehen wie alle anderen."

„Shit!"

„Ich bin froh, dass wir uns getroffen haben", sagt Nick.

„Deine Kinder brauchen ihren Vater", sage ich.

„Ich weiß", antwortet Nick. „Ich werde das nicht vergessen. Mal sehen, wie sich alles entwickelt."

„Du bist in München willkommen", sage ich.

„Danke."

„Und das Angebot mit der Unterstützung steht", sage ich.

Er nickt.

Ich reiche ihm meine private Visitenkarte. „Meine Email-Adresse", sage ich. „Schreib mir, sobald du einen Netzzugang hast."

„In Galway gibts Internet-Cafés", erwidert er. Dann: „Danke für deine Barmherzigkeit", sagt er.

Eine kluge Bemerkung über Barmherzigkeit liegt mir auf den Lippen, um den gefühlvollen Moment abzufedern, aber ich halte den Mund. Wir sind auf Augenhöhe.

Vielleicht werde ich ihm irgendwann von Nadine erzählen. Damit er weiß, dass er nicht der Einzige ist.

„Ach, Matthew", sagt Nick und grinst. „Deine Predigten werden mir fehlen."

Ich muss lachen. Wir umarmen uns, dann ist es

Zeit. Ich begleite ihn noch zum Check-In-Schalter und zum Abflugbereich. Ich sehe ihm zu, wie er durch die Sicherheitsschleuse geht, sich drinnen noch einmal umdreht, die Hand hebt.

„Sala keba!", ruft er mir zu.

„Sala keba!"